Marie-Louise Hunkeler
Bobby, der kleine Frechdachs

Bobby ist ein aufgeweckter, kleiner Mischlingshund, der auf Ibiza das Licht der Welt erblickt. Ausgesetzt von seinen Besitzern, schlägt er sich mehrere Monate als Streuner auf den Strassen der Insel durch. Krank und unterernährt liegt er eines Tages in einem Strassengraben und ist kurz davor, seinen Überlebenskampf aufzugeben. Doch er wird in letzter Minute gerettet. Durch glückliche Umstände kommt er in ein Land, wo Milch und Honig angeblich durch die Strassen fliessen. Doch dort erwartet ihn ein Tierheim. Trotz des unglücklichen Starts in seinem Leben kennt er keinen Gram gegen die Menschen. Im Gegenteil, er liebt sie. Mit der Zeit entwickelt er sich zu einem kleinen Frechdachs mit vorlautem Mundwerk und mit der Gabe, Menschen und Situationen ziemlich gut beschreiben zu können. Und er findet die Zweibeiner manchmal zum Bellen komisch!

Marie-Louise Hunkeler

Bobby, der kleine Frechdachs

Ein Charmeur im Pelz erobert alle Herzen

edition fischer

Bibliografische Information der Deutschen Nationalbibliothek
Die Deutsche Nationalbibliothek verzeichnet diese Publikation in der Deutschen Nationalbibliografie; detaillierte bibliografische Daten sind im Internet über http://dnb.d-nb.de abrufbar.

Orber Str. 30, D-60386 Frankfurt/Main

Schriftart: Times 11pt
Herstellung: ef/bf/1A
ISBN 978-3-86455-093-5

Vorwort

Wenn Sie beim Lesen dieses Buches glauben, sich darin zu erkennen, dann täuschen Sie sich. Zugegeben, in meinem Umfeld gaben mir diverse Zweibeiner den einen oder anderen Input. Die beschriebenen Personen oder Begebenheiten sind jedoch »mehr oder weniger« fiktiv. Da ich eine überbordende Fantasie habe und dazu neige, masslos zu übertreiben, hat sich fast alles nur in meinem Kopf so abgespielt. So auch grösstenteils die Szenen mit Frauchen und Herrchen. Beide sind auf keinen Fall so skurril und schrullig, wie ich sie dargestellt habe!

Und wenn Sie trotzdem immer noch überzeugt sind, dass Sie sich erkannt haben, dann entschuldige ich mich prophylaktisch für mein vorlautes Mundwerk. Mich über die Homo sapiens lustig zu machen und ab und zu über sie zu lästern liegt mir halt in den Genen. Ich kann nicht anders!

Übrigens, Martin Rütter, der Hundeflüsterer, ist in meinem Buch die einzige reale Person! Und natürlich die Orte, wo ich mit Frauchen und Herrchen war. Alles andere ist – wie schon erwähnt – meiner immensen Fantasie zuzuschreiben!

Wuff, Wuff
Euer Bobby

Trauminsel?

Jedes Jahr verbringen Menschen aus aller Welt ihren Urlaub auf Ibiza. Sie sind begeistert von dem azurblauen Meer, schwärmen von den traumhaften Stränden, bewundern die alten Dörfer mit den engen Gassen und geniessen die kulinarischen Köstlichkeiten, welche die Insel zu bieten hat. Zudem sind sie voll des Lobes von der Gastfreundschaft der Einheimischen. Also das Paradies auf Erden! Sollte man meinen. Ist aber nicht so! Vielleicht gibt es hier tatsächlich paradiesische Zustände, aber sicher nicht für eine Menge Hunde und Katzen, die als Streuner auf der Strasse leben. Und die somit jeden Tag um ihr Überleben kämpfen müssen. Die meisten von uns wurden nämlich von ihren Besitzern schmählich im Stich gelassen. Schlicht, wir wurden ausgesetzt, entsorgt oder entledigt! Wie eine Ware, die man nicht mehr braucht. Auch mir blieb dieses Schicksal nicht erspart. Aber alles der Reihe nach.

Das Licht der Welt – prosaisch gesprochen – habe ich vor zirka vier Jahren erblickt, als ich nackt und blind als Erstgeborener, nebst sechs Geschwistern, aus meiner Mama herausflutschte. Vage erinnere ich mich, dass ich in den ersten Wochen meines Daseins weder das vielgepriesene Licht der Welt noch sonst etwas erblickte. So lebte ich die erste Zeit also in völliger Finsternis. Verlassen konnte ich mich nur auf meinen Riecher, der – so nebenbei erwähnt – ziemlich gross geraten ist. Und da meine Beinchen damals noch aus Gummi waren, konnte ich auch nicht laufen. Wollte ich mich von der Stelle bewegen, musste ich umständlich auf dem Bauch robben. Doch eines Tages öffneten sich meine Augen wie von Zauberhand. Hosianna, ich konnte sehen! Zu Anfang war ich jedoch von der gleissenden Helligkeit ziemlich geblendet, gewöhnte mich aber schnell daran. Der Grundstein für meine sprichwörtliche Neugierde war somit gelegt. Doch es gab leider nicht viel zu sehen oder zu erforschen. Mein Universum bestand gerade mal aus einer Kartonschachtel, die in einem kahlen Raum stand, welcher in etwa so viel Wärme ausstrahlte, wie ein Eisberg in der Antarktis. Meine Geburtsstätte war also alles andere als luxuriös. Sie war schlicht erbärmlich!

Meine Tage bestanden vorwiegend aus Fressen, Schlafen und Herumbalgen mit meinen Geschwistern. Das tägliche Einerlei fing bald an, mich zu langweilen. Gähn und nochmals Gähn! Ich wollte Abenteuer erleben! Mittlerweile konnte ich bereits laufen, wenn auch immer noch auf etwas wackeligen Beinen. Das brachte wenigstens ein wenig Abwechslung in meinen öden Hundealltag. Doch zuallererst nahm ich Mama und meine Geschwister genauer unter die Lupe. Meine Fresse, waren wir eine bunte Truppe! Von Schwarz, Weiss, Rot bis hin zu Braun und Gelb schillerten wir in allen Farben und Mustern. Unser Erzeuger muss sprichwörtlich ein »bunter Hund« gewesen sein. Oder unsere Mama hatte während ihrer Hitzezeit ungehemmten Sex mit verschiedenen Rüden! Katzenfrauen praktizieren Vielmännerei übrigens seit jeher. Während ihrer heissen Phase oder sogenannten Rolligkeit treiben es die durchtriebenen »Miezekätzchen« mit verschiedenen Katern ohne jegliches Schamgefühl! Und dies meist noch in aller Öffentlichkeit! Ich habe mit eigenen Augen gesehen, wie etliche Kater in Reih und Glied dasassen respektive Schlange standen und geduldig warteten, bis ihre königliche Hoheit sie ranliess. Allein vom Zusehen stieg mir die Schamesröte ins Gesicht. Ob Hündinnen dazu auch fähig oder willens sind, entzieht sich meiner Weisheit. Und was die weibliche Spezies betrifft, da habe ich ebenfalls null Ahnung. Sollten sie es aber wie die Katzen treiben, praktizieren sie das Bäumchen wechsle dich Spiel wenigstens nicht in aller Öffentlichkeit, sondern im Versteckten unter fremden Bettdecken. Das ist aber nur eine Vermutung von mir! Vielmännerei ist auf jeden Fall die glaubwürdigste Erklärung, warum jeder von uns anders aussah. Und keiner, wirklich keiner, von uns hätte damals einen Schönheitswettbewerb gewinnen können. Denn wir waren wahrlich eine schrille Bande. Mama hingegen war eine echte Schönheit. Sie hatte ein seidenweiches Fell, das goldgelb leuchtete und einen Körper, der rank und schlank war. Das Schönste an ihr waren jedoch die grossen, rehbraunen Augen, die uns durch lange, dichte, schwarze Wimpern hindurch voller Liebe und Güte anblickten. Wir liebten sie bedingungslos! Und sie liebte uns. Mama kümmerte sich rund um die Uhr rührend und aufopfernd um uns nimmersatte Vielfrasse! Einer von uns hatte nämlich immer Heisshunger auf ihre süffige Milch. Und so suchten wir von morgens bis abends abwechselnd Mamas Tankstelle auf und tranken von dem leckeren Gesöff. Zuvor rauften wir uns meistens um einen Platz an der heissbegehrten Milchbar. Somit trug ich bereits im Babyalter die ersten Scharmützel aus. Oft ging ich als Sieger aus einem Zweikampf hervor. Hurra! Die spielerischen Zweikämpfe waren – das wusste ich damals allerdings noch nicht – bereits ein erstes Überlebenstraining, damit ich mich später auf der Strasse behaupten konnte. Nachdem ich nach einem erfolgreichen Gerangel eine Zitze erobert hatte, gab ich mich dann hemmungslos der Schlemmerei hin und trank jeweils so viel, bis ich ein kugelrundes Bäuchlein hatte. Waren wir dann endlich alle satt, musste sich Mama noch unserer Körperpflege annehmen. Jeder von uns wurde von vorne bis hinten und von hinten bis vorne mit ihrer Zunge gründlich abgeleckt, bis wir vor Reinlichkeit nur so strahlten. Hätte uns Meister Proper gesehen, er hätte sich vor Neid in den Po gebissen! Die tägliche Wäsche liess ich gerne über mich ergehen, denn danach fühlte ich mich immer pudelwohl. Und am Ende eines jeden Tages lagen wir dann müde und selig bei Mama und kuschelten uns dicht gedrängt aneinander. Ich genoss den engen Körperkontakt und fühlte mich sicher und geborgen. Hätte ich geahnt, wie bald meine unbeschwerte Kindheit vorüber sein würde, hätte ich sie bestimmt noch intensiver ausgekostet!

Schnell wurde ich grösser und mutierte langsam zu einem ausgewachsenen Hund mit stolzer Schulterhöhe von fünfzig Zentimetern. Mutig begab ich mich alleine auf Entdeckungstouren und erforschte den grossen Garten von meinem Zuhause. Mit Leidenschaft scharrte ich in den Blumenbeeten und steckte dabei meinen grossen Zinken in die herrlich duftende Erde. Und ich buddelte mit Hingabe die Blumenzwiebeln aus. Damit liess sich nämlich toll Fussball spielen. Ich staunte, wie die Zwiebeln lustig durch die Gegend flogen oder einfach nur wild herumkullerten. Doch meine unbändige Spielfreude wurde jeweils durch das Familienoberhaupt getrübt. Der bärtige Griesgram (ein anderer Name fällt mir für den Kerl nicht ein) schimpfte lauthals, wenn er mich bei meinem Spiel erwischte. Mit hochrotem Gesicht, dem Herzinfarkt nahe, stiess er unaussprechliche (nicht für Kinderohren geeignete) Verwünschungen aus. Wenn ich auf meinen kurzen Beinen nicht schnell genug davonrannte, trat er mich in meinen Allerwertesten. Auaaa! Das tat jeweils höllisch weh! Und dann segelte ich, anstelle der Blumenzwiebeln, durch die Luft! Wäre ich grösser und kräftiger gewesen, ich hätte den Arsch voller Inbrunst in die Waden gebissen! Aber so musste ich jeweils klein beigeben und mit hängendem Kopf von dannen trotten. Dabei fragte ich mich oft, ob wohl alle Menschen solche Spassverderber und Miesepeter sind? Meine Geschwister entdeckten natürlich das Blumenzwiebel-Spiel auch für sich. Sie buddelten ebenfalls munter darauf los und gruben dabei mehrere Gartenbeete um. Auch das Salatbeet blieb nicht verschont. Ich muss zugeben, gemeinsam stellten wir so manchen Unfug an und strapazierten damit auch die Nerven der Hausherrin. Aber diese trat wenigstens nicht nach uns! Sie rannte uns lediglich mit dem Besen hinterher. Wir waren halt schlicht und einfach fröhliche und unbeschwerte Hundekinder, die vom wirklichen Leben noch keine Ahnung hatten! Mit anderen Worten, wir waren vierbeinige Naivlinge.

Die Menschen, die hier auf der Insel leben, sind mehrheitlich Hundenarren. Aber dies nur, solange die Vierbeiner keine Probleme bereiten. Der Traum von fast jedem Hundebesitzer ist es, einmal flauschige, seidenweiche Hundebabys in den Armen zu halten. Denn Welpen sind schlechthin zum Verlieben! Was die Zweibeiner dabei vergessen: Der Welpen-Weichspüleffekt dauert gerade mal ein Jahr. Vielleicht ein bisschen länger. Aber dann wird aus dem süssesten Hundebaby ein ausgewachsener Hund. Und dann fangen die Probleme aber so richtig an! Und genauso war es bei unserer Familie Griesgram. Wir wurden zur Last. Sie wollten uns wilde Rackerbande nicht behalten. Der Ehrenrettung halber möchte ich hier erwähnen, dass Familie Griesgram versuchte, uns irgendwo zu platzieren. Sie wollten uns sogar umsonst abgeben. Doch in der Regel will niemand einen Hund, der keinen Stammbaum hat. Mit anderen Worten, niemand will eine ordinäre Strassenmischung! Die meisten Menschen wollen unbedingt einen Rassehund! Und er muss, wenn möglich, aus einer adligen Hundefamilie mit einer langen Ahnengalerie stammen. Also ein Von und Zu! Der Versuch, uns zu platzieren oder gratis abzugeben, konnte also nur scheitern. So entledigten oder besser gesagt, setzten Familie Griesgram mich und meine Geschwister schlussendlich am Strassenrand in einer Kartonschachtel aus. In eben jener Schachtel, in der wir das Licht der Welt einst erblickten. Es war der blanke Horror! Im Detail davon zu erzählen, wäre für mich viel zu schmerzlich! Nur so viel, wir krochen irgendwann total verängstigt und von Hunger geplagt aus der Schachtel und verteilten uns in alle Himmelsrichtungen.

Ich wüsste so gerne, was aus meinen Geschwistern geworden ist. Und wie es Mama erging, als ihre Kinder plötzlich weg waren? Und ob sie sich wohl von diesem Verlust je erholt hat? Mein kleines, verletztes Hundeherz hofft ganz fest, dass alle wohlauf sind. So ganz nach dem Motto: Und wenn sie nicht gestorben sind, so leben sie noch heut! Doch ein Happyend gibt es meistens nur in den Märchen. Das weiss selbst ich. Seufz!

Leben auf der Strasse

Bin gerade mal ein Jahr alt und lebe nun auf der Strasse. Weil mein Magen vor Hunger dauernd knurrt, bin ich ständig auf der Suche nach Futter. An guten Tagen finde ich Reste von Speisen, welche Urlauber weggeworfen haben oder ich stibitze eine Kleinigkeit von einem Marktstand. An schlechten durchwühle ich Abfallsäcke! Hauptsache, ich finde etwas zum Fressen. Am Hafen gibt es einen Fischer, der mir ab und zu einen kleinen Fisch hinwirft, den ich dann gierig mitsamt den Gräten verschlinge. Gracias! Komme ich auf der Suche nach Futter einem Haus zu nahe, werde ich meistens mit üblen Schimpfwörtern bedacht oder mit Steinen beworfen. Will ich mich irgendwo ausruhen, werde ich von Menschen, Artgenossen oder sogar von Katzen verjagt. Mein Leben auf der Strasse ist schlicht trostlos, zermürbend und auch gefährlich. Doch mein Überlebenswille ist trotz alledem ungebrochen. Zum Überleben gehört auch, dass ich so manchen Kampf mit anderen Hunden ausfechten muss. Mein Körper ist nach solchen Streitereien übersät von Blessuren. Danach muss ich mich tagelang irgendwo verkriechen, um meine Wunden zu lecken, damit sie heilen. Dabei fällt meine Moral oft unter den Gefrierpunkt und mein Wille zum Überleben gerät nun doch arg ins Wanken. Aber es gibt auch Lichtblicke! Einmal durchstreife ich ein Anwesen, da wohnen ganz nette Leute. Wenigstens jagen die mich nicht sofort weg. Sie locken mich sogar mit beruhigenden Worten zu sich. Nur mit äusserster Vorsicht wage ich mich – weil ich zu Menschen kein Vertrauen mehr habe – in ihre Nähe. Doch dann werde ich gestreichelt und sogar mit Koseworten überhäuft. Ich geniesse das Zusammensein mit diesen fremden Zweibeinern und das Vertrauen kehrt langsam zurück. Jedes Mal, wenn ich nun hier vorbeigehe, steht Futter für mich bereit. Bald wähne ich mich im Schlaraffenland oder im siebten Hundehimmel. Im Glauben, eine neue Familie gefunden zu haben, bin ich selig. Doch leider ist diese Glückseligkeit nur von kurzer Dauer. Denn eines Tages steht das Haus leer. Die netten Leute sind weg! Und meine Odyssee auf der Strasse geht weiter.

Die Zeit, in der die Insel von Urlaubern überflutet ist, nähert sich dem Ende. Und so wird es für mich immer schwieriger, Nahrung zu finden. Ich bin abgemagert. Mir geht es dreckig. Zudem juckt meine Haut unsäglich. Ich muss mich ständig kratzen. Selbst meine Ohren bleiben vom Juckreiz nicht verschont! Das Leben auf der Strasse fordert nun doch seinen Tribut. So liege ich eines Tages ausgemergelt und geschwächt in einem Strassengraben. Ich habe die Schnauze gestrichen voll von diesem unwürdigen Dasein und will nur noch sterben. Denn ein räudiger Strassenköter will ich nicht mehr sein. Plötzlich hält ein Auto neben dem Strassengraben und eine Dame steigt aus. Sie kniet vor mir nieder und schnappt entsetzt nach Luft. Ich sehe wohl wirklich arg aus.

»Den armen Kerl können wir hier nicht so liegen lassen«, sagt sie zu jemandem im Hintergrund.

Obwohl ich krank, schmutzig und bestimmt voller Ungeziefer bin, nimmt sie mich hoch und trägt mich zum Auto. Auf dem kurzen Weg dorthin schmiege ich mich an die fremde Frau und geniesse ihre Nähe. Für einen klitzekleinen Moment wähne ich mich im Paradies für Hunde! Die Autofahrt dauert nicht allzu lange und wir halten vor einem grossen Haus. Dort hat es bereits viele Hunde. Ich werde zur Begrüssung von allen intensiv beschnuppert. Dazu wedeln sie mit ihren Ruten freudig erregt vor meinen Augen hin und her. Mir wird ganz schwindelig davon. Vielleicht wird mir aber schwindelig, weil ich seit Tagen nichts mehr gefressen habe. Wie sich dann herausstellt, ist meine Retterin sehr begütert und kommt aus einem Land, wo Milch und Honig angeblich durch die Strassen fliessen. Also aus Utopia! Sie hat es sich zur Lebensaufgabe gemacht, Strassenhunde zu retten und eben in dieses sagenhafte Land zu bringen. Wir Streuner sollen dort die Chance bekommen, ein hundewürdiges Leben zu führen.

Ich bekomme nun jeden Tag genug zu fressen und lege innerhalb kürzester Zeit an Gewicht zu. Es ist ein tolles Gefühl, satt zu sein! Eines Morgens werde ich kurzerhand in eine Transportkiste gesteckt. Meine Retterin bringt mich zu einem freundlichen Mann, der einen weissen Kittel trägt und sich bei mir höflich als Tierdoktor vorstellt. Als erstes horcht er meine Herztöne ab, schaut mir danach in den Rachen, begutachtet dabei meine Beisserchen und fummelt hinterher auch noch an meiner Analdrüse herum. Was ziemlich schmerzt! Und zu guter Letzt tastet er meinen Körper mit kalten (brrrr!) Händen rundum gründlich ab.

»Du bist ein robustes, kleines Kerlchen«, sagt er abschliessend.

Spricht's und pikst mich danach mit einer langen Nadel in meinen Allerwertesten. Auaaa! Danach macht er noch einige Fotos von mir. Die sind angeblich für meine Reiseunterlagen bestimmt. Ich habe keinen Schimmer, von was die Rede ist.

Und so lasse ich – bleibt mir ja nichts anderes übrig – die ganze Prozedur stoisch über mich ergehen. Mit anderen Worten, ich bin brav und fügsam! Denn alles ist besser, als weiterhin auf der Strasse zu leben! Wie lange ich mich als Streuner durchgeschlagen habe, weiss ich nicht. Rechnen ist halt nicht so meine Stärke. Es kam mir aber unendlich lange vor!

Utopia, ich komme!

Es ist so weit, die Reise kann beginnen. Ich verlasse Ibiza, Trauminsel der Urlauber. Albtraum der Strassenhunde und der herrenlosen Katzen! Als erstes werde ich wieder in eine Transportkiste verfrachtet, was mich total stresst. Sie ist nämlich ziemlich eng und ich bekomme darin Platzangst. Aus Protest wimmere ich zuerst leise, knurre dann unüberhörbar wütend und belle zuletzt hysterisch laut, um meinem Unmut Ausdruck zu verleihen. Dies kümmert aber keinen Arsch. Meine Begleiter haben wohl Gurken auf den Augen und Tomaten in den Ohren! Und so fahren wir also zu einem Ort, der sich Flughafen nennt. Von dort aus soll mich ein Flugzeug in meine neue Heimat bringen. Als ich den »grossen Vogel« sehe, bekomme ich eine Scheissangst. Meine Beine zittern wie Espenlaub. Und vor lauter Schreck ist meine Stimme weg. Ich kann also nicht einmal mehr wimmern, knurren oder bellen! So bleibt mir mein Protest buchstäblich im Halse stecken. Meine allergrösste Sorge ist jedoch, ob dieser monströse Vogel überhaupt vom Boden hochkommt. Darum bete ich zu allen Göttern und zum Hundegott insbesondere! Nach bangen Stunden des Wartens bin ich dann endlich im Innern des Vogels respektive in seinem Bauch. Bald danach hebt er problemlos ab und schwingt sich elegant in die Lüfte. Ich versinke augenblicklich in einen nebulösen Zustand und bekomme vom Flug fast nichts mit. Der Weisskittel verabreichte mir nämlich vor dem Abflug eine Pille gegen Reisekrankheit. Davon bin ich nun gottlob die meiste Zeit »high«. Darum gaukelt mir wohl auch mein umnebeltes Hirn Strassen voller Milch und Honig vor. Und dazu liegen am Wegrand erst noch haufenweise köstliche Knochen! Sabber, schmatz, mampf, kau! Ich werde dem guten Doktor, der mir diese Träume bescherte, ewig dankbar sein. Halleluja! Der Flug geht gottlob ohne grösseren Zwischenfall vorbei. Und schon werde ich samt Kiste ausgeladen.

Anscheinend braucht es für meine Einreise viele Dokumente. Und bis alle erbsenzählenden Beamten oder Korinthenkacker meine Papiere abgesegnet und abgestempelt haben, dauert es dann nochmals gefühlte Stunden! Und ich muss mich – trotz meines südländischen Temperaments – in Geduld üben. Was nicht gerade meine Stärke ist. Und weil das Prüfen der Einreisepapiere so lange dauert, bin ich mir sicher, dass die Ureinwohner oder die sogenannten Eidgenossen das gewissenhafte und akribisch penible Arbeiten erfunden haben. Also haben sie nicht nur die »Ricola-Kräuterbonbons« erfunden. Schmunzel! Weitere Kritik wegen meiner verzögerten Einreise wäre meinerseits unangebracht, gewährt mir dieses Land doch Asyl!

Dann ist es endlich so weit und ich darf ohne weitere schikanöse Verzögerung den Boden meiner neuen Heimat betreten. Betreten ist eigentlich nicht korrekt, denn ich sitze noch immer in der verhassten Kiste. Vor dem Flughafen nehmen mich wildfremde Menschen in Empfang. Sogleich werde ich wieder in ein Auto verfrachtet. Gerne würde ich mir vor der erneuten Autofahrt die Pfoten ein wenig vertreten, denn langsam sind meine Glieder steif und die Blase macht sich auch bemerkbar. Gottlob habe ich vor der Reise nichts zu fressen gekriegt, sonst würde sich bestimmt auch noch mein Mastdarm melden. Hoffe nun inständig, dass die Fahrt nicht allzu lange dauert. Nun bin ich also in einem fremden Land, in einem Auto mit fremden Menschen, deren Sprache ich nicht verstehe und habe keine Ahnung, wann und wo die Reise endlich endet. Sie endet in einem Tierheim!

Mit ohrenbetäubendem Gebell heisst mich dort ein ganzes Rudel Hunde willkommen. Ich kläffe anstandshalber aus voller Kehle zurück. Auch zaghaftes Miauen dringt an mein Ohr. Doch dies überhöre ich geflissentlich, denn auf diese Begrüssung kann ich gut und gerne verzichten. Hatte ich doch in der Vergangenheit einige Scharmützel mit dominanten Katzen. Danach ging ich meistens als Verlierer vom Platz und trug erst noch auf der Nase blutige Kratzer davon! Also kann man verstehen, warum sich meine Begeisterung für diese Mitbewohner in Grenzen hält. Die Begrüssungszeremonie ist vorüber und ich kann endlich meine Blase erleichtern. Ahhh, welche Wohltat! Daraufhin nimmt mich ein Mann in Empfang. Es ist der Heimleiter, Big-Boss genannt. Er begrüsst mich mit vornehmer Zurückhaltung. Ich ihn hingegen voller Überschwang, indem ich wie ein Jojo an ihm hoch und nieder hüpfe.

»Bobby ist ab jetzt dein Name. Gefällt er dir?«, fragt mich der Heimleiter. Was für eine Frage. Natürlich gefällt er mir. In meinem früheren Leben nannte man mich »el quiltro« (der Köter!). Somit ist alles besser, als dieser unwürdige Schimpfname.

Scheu lasse ich in meiner neuen Bleibe meinen Blick umherwandern und begutachte die gesamte Umgebung voller Argwohn. Zu meinem Erstaunen ist es hier aber sehr schön. Es gibt viele Auslaufmöglichkeiten, damit wir Hunde uns so richtig austoben können. Zur Verfügung stehen uns auch grosse Hundehütten mit beheizbaren (meine Fresse!) Böden für kalte Tage. Hütten, in die ich mich jederzeit zurückziehen und ein Nickerchen machen kann. Aber das Wichtigste ist, es gibt immer genug zu mampfen. Für unser leibliches Wohl sind nette Frauen, die sich Tierpflegerinnen nennen, verantwortlich. Ab und zu haben sie auch Zeit, mit uns zu spielen oder uns ein wenig hinter den Ohren zu kraulen. Ich stehe dafür stundenlang in der Schlange an! Mittlerweile habe ich viele Spielkameraden, mit denen ich den ganzen Tag herumtollen kann. Eigentlich fehlt mir zum Glücklichsein fast nichts. Aber eben nur fast nichts. Ich will nicht undankbar sein, aber ab und zu sehne ich mich nach einem Zuhause mit Menschen, die mich bedingungslos lieben.

Kaum habe ich mich richtig eingelebt, steht ein erneuter Besuch bei einem Tierdoktor an. Natürlich steckt man mich wiederum in die verhasste Kiste. Der Heimleiter chauffiert mich höchstpersönlich zum Arzt. Dort angekommen, schnüffle ich interessiert sämtliche Räume ab. Viele fremdartige und teilweise unangenehme Düfte reizen meine Nase. Zwei nette Fräuleins stellen mich dann auf einen Tisch. Spätestens jetzt müssten bei mir die Alarmglocken schrillen. Tun sie aber nicht! Und so lege ich mich total unbekümmert hin und harre der Dinge, die da kommen. Und es kommt ein Doktor, den ich noch nicht kenne. In der Hand hält er ein Ding mit einer langen, spitzen Nadel. Das kenne ich hingegen. Noch immer keine Alarmglocken! Nein. Ich strecke ihm sogar arglos und willig meinen Po entgegen, damit er mich piksen kann. Unmittelbar danach wird mir schwarz vor den Augen und ich trete weg. Als ich erwache, fühle ich mich schwindlig und orientierungslos. Die ganze Sache ist mir nun doch ein wenig ungeheuer. Ich möchte zu gerne wissen, was der gute Mann zwischenzeitlich mit mir angestellt hat. An intimster Stelle meines werten Körpers, spüre ich nämlich ein Zwicken und Reissen. Also versuche ich mit der Zunge, der Ursache auf den Grund zu gehen und lecke dort, wo es weh tut. Dabei stelle ich fest, dass »Etwas« fehlt, was vorher noch da war. Ich vermisse »mis cojones«!!! Auf gut Deutsch, ich vermisse meine Eier, Klöten, Hoden oder wie auch immer man die Dinger nennt. Während ich über deren Verbleib nachgrüble, sind der Heimleiter und der Tierarzt in ein Gespräch vertieft.

»Eine Kastration ist für ein Tier ja gar nicht so schlimm. Bobby weiss eh nicht, was ihm im Leben dadurch entgeht!«

Beide haben bei diesem Gespräch ein anzügliches Grinsen auf ihren Visagen. Ich hingegen finde es kein bisschen komisch und mache auf beleidigte Leberwurst. Wuff! Ein aufklärendes Gespräch zwischen Arzt und Patient wäre hier nun wirklich angebracht. Aber anscheinend hält es der gute (?!?) Mann nicht für nötig, mich aufzuklären. Ich grüble noch heute manchmal darüber nach, was die beiden mit »entgeht« meinten! Es wird wohl bis ans Ende meiner Tage ein ungelöstes Rätsel bleiben. Vielleicht ist dies gar nicht so schlecht. Denn wie heisst es doch so schön? Selig sind die Unwissenden!

Das lange Warten

Die Tage im Tierheim vergehen und es werden Wochen, ja sogar Monate daraus. Eine gewisse Alltagsroutine hat sich bei mir eingeschlichen. Ab und zu wird diese jedoch durch Besucher unterbrochen, die durchs Gehege latschen und uns wie auf einem Viehmarkt begutachten. Entspricht ein Hund ihren Vorstellungen, wird dieser meistens zügig adoptiert und verlässt dann ebenso zügig das Tierheim. Ist es ein

Spielkamerad von mir, macht mich das immer ein wenig traurig. Gottlob verlassen uns aber auch solche, die mir mit ihren aufgeblasenen Egos jeden Tag das Leben schwer machten. Sie spielten sich nämlich als Rudelführer auf und mir blieb nichts anderes übrig, als mich zu unterwerfen. Vorausgesetzt, ich wollte keinen Stunk. Und so warf ich mich zigmal am Tag pflichtschuldigst auf den Rücken und signalisierte Unterwürfigkeit oder ging mit demütig gesenktem Blick und eingezogener Rute an diesen Kotzbrocken vorüber. Was mir insgeheim total auf den Sack ging!

Es ist schon mehr als einmal vorgekommen, dass Besucher auch an mir Interesse zeigen. Unvermittelt verwandle ich mich dann in eine unscheinbare, graue Eminenz. Dazu hocke ich mit niedergeschlagenen Augen desinteressiert da oder stiere mit leerem Blick Löcher in die Luft. Oder ich schaue so richtig dumm und dämlich aus der Wäsche. Und die Rechnung geht immer auf. Denn wer will schon einen unscheinbaren und erst noch doofen Hund. Niemand! Unerschütterlich glaube ich nämlich, dass ich sofort spüren werde, wenn der Mensch respektive die Menschen, die zu mir passen, endlich vor mir stehen. Es muss halt einfach Liebe auf den ersten oder mindestens auf den zweiten Blick sein!

Um im grauen Alltag ein wenig Abwechslung zu haben, mache ich mir immer mehr einen Spass daraus, meinerseits die Besucher zu beobachten. Ich sehe junge, alte, greise, kleine, grosse, dicke, dünne, schöne oder äusserst hässliche Menschen durch die Anlage watscheln. Über das vielseitige Aussehen der Zweibeiner kann ich nur immer wieder staunen. Manchmal rennen auch Kinder durchs Gehege. Und wenn die kleinen Ungeheuer nicht gerade brüllen oder markerschütternd schreien, grapschen sie mit ungeschickten Patschhänden nach uns und ziehen uns unsanft an den Ohren, kneifen uns in die Flanken oder hängen sich an unsere Ruten. Ich krieg dann jeweils voll die Panik und mache mich deshalb so schnell wie möglich vom Acker. Voller Angst verkrieche ich mich dann in eine der Hundehütten und mache mich dort so klein wie möglich. Und hoffe dabei, dass ich nie von einer Familie mit solch kleinen Monstern adoptiert werde.

Eines Nachmittags holt mich eine der Tierpflegerinnen aus dem Gehege. Sie leint mich an und sagt: »Bobby, draussen steht ein Ehepaar, welches sich eigentlich für deinen Spielkameraden Timo interessiert. Der wurde aber heute Morgen bereits vermittelt. Also kam mir die Idee, dich den Leuten zu zeigen. Reiss dich also bitte zusammen. Sei nett und vermurks es nicht! Den Doofen oder die graue Eminenz vorzugaukeln, kannst du auch gleich vergessen. Hast du gehört?«

Na toll, ich bin entlarvt! Doch dies macht mir jedoch kein Bauchgrimmen. Was mir eher solches beschert, ist, dass ich anscheinend schon zu Anfang nur die zweite Geige spiele. Doch meine Enttäuschung betreffend zweite Wahl hält nur kurz an und macht dann einer unbändigen Neugierde Platz. Und so sehe ich dem Treffen voller Spannung entgegen. Hoffe natürlich inbrünstig, dass es dieses Mal klappt und dass diese Menschen meine Wunschkandidaten sind. Dann werde ich nach draussen geführt und da stehen ein Mann und eine Frau. Beide sind nicht mehr ganz taufrisch, aber auch noch nicht uralt. Sie machen auf mich einen netten Eindruck. Neugierig und aufmerksam beäugen wir uns gegenseitig. Und bei mir stellt sich unvermittelt ein Hochgefühl ein! Mir ist sofort und unwiderruflich klar, die oder keine! Punkt. Ich könnte vor lauter Freude juchzen. Aber stattdessen krame ich meinen ganzen Charme hervor, setze mich artig hin, schlage meine grossen braunen Augen auf und schaue sie durch meine langen, dichten Wimpern hindurch – die ich übrigens von Mama geerbt habe – unwiderstehlich an. Gleichzeitig spiele ich allerliebst mit meinen Augenbrauen, indem ich sie abwechslungsweise hoch und nieder tanzen lasse. Das zaubert nämlich einen Ausdruck von naivem Erstaunen bis Unbedarftheit auf mein Antlitz. Das sieht nicht nur hammermässig aus, sondern das weckt in jedem weiblichen Wesen auf diesem Globus auch noch Beschützerinstinkte! Und meine Taktik geht voll auf, denn die Frau fährt total auf mich ab. Sie sagt zu ihrem Begleiter: »Oh mein Gott, sieht der nicht niedlich aus?«

Er enthält sich eines Kommentars. Doch wegen ihm mache ich mir keine Sorgen, denn die Frau habe ich bereits in der Tasche. Und ich weiss, wenn Frauen etwas wollen, kriegen sie es auch! Mit der Tierpflegerin wird vereinbart, dass sie mich in ein paar Tagen zu einem Spaziergang abholen, um mich besser kennenzulernen. Daraufhin werde ich ohne grosses Tamtam wieder ins Gehege zurückgeführt. Doch von da an kann ich nachts vor Aufregung kaum mehr ein Auge zutun. So sehr sehne ich den Tag unseres Wiedersehens herbei.

Dann ist es endlich so weit. Ich freue mich wie ein Schneekönig, als die beiden wieder vor mir stehen. Ich springe unbändig an ihnen hoch und zeige damit, wie sehr ich diesen Tag herbeigesehnt habe. Dazu schlage ich mit meiner Rute wie irrsinnig hin und her und rauf und runter. Und dann begeben wir uns auf unseren allerersten Spaziergang. Ich gehe manierlich, das heisst, ohne zu ziehen oder zu zerren an der Leine. Gerade so, als ob das für mich Alltag wäre. Ist es aber nicht! Denn im Tierheim haben sie weder Zeit noch Musse mit uns Gassi zu gehen. Es ist daher herrlich, wieder einmal in freier Natur alles ausgiebig beschnuppern zu können. Jedes Grasbüschel und jeder Baum wird von mir begrüsst. Das heisst, ich hebe überall mein Bein und pisse. Schade, mein Tank ist so schnell leer! Und dann kommt der Höhepunkt unseres gemeinsamen Ausfluges. Ich kann wieder einmal in freier Wildbahn kacken! Zuerst stehen beide nur bekloppt da und gucken ungläubig mein

Häufchen, oder soll ich sagen, meinen Haufen an. Ich brauche kein Gedankenleser zu sein, um zu wissen, was sie überlegen. Wollen wir den stinkenden Haufen ignorieren und liegen lassen? Der Mann sucht dann einige Steine, um damit die Kacke zuzudecken. Sie wollen vermutlich vermeiden, dass jemand mit teuren Lederschuhen mitten in meine Scheisse tritt! Alles eine Frage des Gewissens, oder?

Während unseres Spaziergangs macht die Frau unzählige Fotos von mir und ich denke, es kann nicht schaden, mich ins richtige Licht zu rücken! Also gucke ich liebreizend in die Kamera und grinse dabei über alle vier Backen. Dabei hoffe ich, dass mein freundliches Wesen die beiden endgültig umhauen wird. Leider ist der ganze Spass schnell vorbei. Nun stehen wir wieder vor dem Tierheim. Die Frau löchert dann die Tierpflegerin mit unzähligen Fragen. Ist er ein Kläffer, mag er andere Hunde, ist er stubenrein (hä?), hat er irgendwelche Macken, ist er eher ein ruhiger Hund oder eher ein Wirbelwind und, und, und?

Mir wird angst und bange von den vielen Fragen. Doch die Pflegerin lobt mich dann über den grünen Klee. Denn sie will mich ja schnellstens an den Mann respektive an die Frau bringen, sprich vermitteln! Das ist allerdings verständlich, denn es warten noch viele Hunde auf neue Besitzer. Zudem meint die Tierpflegerin abschliessend, ich sei ein anpassungsfähiger und lieber Hund und mit mir würden sie keine Probleme haben. Unbescheiden kann ich dem mit eifrigem Schwanzwedeln nur zustimmen.

Die Frau und der Mann treten dann beiseite und diskutieren nochmals ernsthaft, ob sie nun tatsächlich einen Hund zu sich nehmen wollen oder eben nicht. Denn es ist ihnen voll bewusst, dass sie sich gegebenenfalls auf eine langjährige Partnerschaft einlassen. Und wenn überhaupt, ob ich es sein soll. Die Frau fällt ihren Entscheid dann ziemlich schnell. Der

Mann braucht etwas länger und ich sehe ihm an, dass er sich noch nicht so ganz für mich oder überhaupt für einen Hund erwärmen kann. Derweil flehen meine Augen, bitte, bitte nehmt mich! Ich getraue mich kaum zu atmen, so angespannt bin ich. Unvermittelt umarmt mich die Frau und flüstert mir ins Ohr: »Du bist mein Hund!«

Dabei schaut sie ihren Mann bittend an. Dieser denkt noch eine Nanosekunde nach und sagt dann: »Okay, wir nehmen den kleinen Stinker.«

Das vom kleinen Stinker überhöre ich in diesem Moment geflissentlich. Meine immense innere Anspannung löst sich in Minne auf und ich könnte vor Glück Purzelbäume schlagen. Die Frau strahlt über das ganze Gesicht und drückt ihrem verdutzten Mann einen dicken Kuss auf den Mund. Gerne würde ich die beiden auch abbusseln, will aber nicht zu aufdringlich sein. Knutschen kann ich auch später noch! Dann vereinbaren sie mit der Tierpflegerin, dass sie mich in einer Woche definitiv und unwiderruflich abholen. Jupiii und Hurra! Ich kann in Kürze das Tierheim verlassen. Was will Hund mehr!? Bevor sie sich jedoch endgültig verabschieden, unterbreitet ihnen die Pflegerin noch die Zahlungsmodalitäten. Denn mich bekommt man nicht umsonst, sondern für mich muss man sogar tüchtig in die Tasche greifen. Das tun meine neuen Besitzer ohne zu murren oder zu feilschen! Wie ich später erfahre, feilscht Herrchen sonst für sein Leben gern. Also sehe ich es im Nachhinein als Kompliment, dass er meinen Kaufpreis nicht herunterhandeln wollte!

Adios!

Habe ich schon erwähnt, dass ich extrem ungeduldig bin? Ja? Ist mir aber völlig schnuppe. Ich muss es hier einfach noch einmal loswerden. Wieder muss ich mich eine weitere Woche gedulden, bis es endlich so weit ist und ich das Tierheim verlassen kann. Vor lauter Vorfreude bin ich total hibbelig und benehme mich ziemlich unausstehlich. Ich kann wiederum weder richtig schlafen, noch habe ich Lust mit den anderen Hunden zu spielen. Deshalb liege ich die meiste Zeit nur desinteressiert herum und hoffe dabei, dass die doofe Warterei bald ein Ende nimmt. Übrigens, nur mein Appetit ist ungebrochen.

Der Grund, warum sie mich nach dem gemeinsamen Spaziergang nicht gleich mitnahmen, ist der, dass mein künftiges Frauchen zuerst von A bis Z alles für mich einkaufen muss. Und dabei verfiel sie angeblich einem Kaufrausch und erstand, was Hund unbedingt braucht oder auch nicht. Unter anderem ein Korbbettchen mit flauschigem Inhalt, ein grünes Halsband mit farblich passender Leine dazu, kuschelige Liegedecken, diverse Spielsachen, Ballis in verschiedenen Grössen und Materialien, eine schwarz glänzende Fressstation in Knochenform (!) mit zwei edlen Chromstahlnäpfen darin und dazu jede Menge gesundes Futter und viele verschiedene Leckereien. Der Garten Eden wartete auf mich!

Dann ist es so weit, mein grosser Tag ist da. Am Morgen holt mich wieder die gleiche Tierpflegerin aus dem Gehege und verkündet: »Bevor wir dich abgeben, wirst du auf Vordermann gebracht!«

Und dann muss ich in die Badewanne! Dort werde ich

zuerst mit lauwarmem Wasser klitschnass gemacht, danach gründlich eingeseift und zuletzt tüchtig abgebraust. Nach überstandener Prozedur hüpfe ich triefendnass aus der Wanne und schüttle mich, dass die Wassertropfen nur so herumfliegen. Die Tierpflegerin bekommt auch ordentlich etwas ab. Ist mir aber scheissegal. Danach suche ich eine Wand, an der ich entlang schleifen kann, um das lästige Wasser endgültig loszuwerden. Dem gebietet meine Aufpasserin jedoch sofort Einhalt. Mit einem Ding, wo vorne warme Luft herausströmt, bläst sie mir dann mein Fell trocken. Dabei kommt bei mir ein unbeschreibliches Wonnegefühl auf. Es ist nämlich gerade so, als ob mich eine laue Sommerbrise sanft streicheln würde. Schlussendlich stehe ich herausgeputzt mit einem Fell, welches wie Seide glänzt, vor dem Spiegel. Kritisch begutachte ich mich darin, doch es gibt nichts zu mäkeln! Selbstverliebt stelle ich fest, dass ich ein absolut hübscher und unwiderstehlicher Kerl bin! Gut, die Haare dürften ein wenig kürzer sein. Aber nobody is perfect, oder? Die Rolle als graue Eminenz lege ich heute endgültig ad acta.

Und dann sind meine neuen Besitzer da und ich werde ziemlich formlos übergeben. Will sagen, die Übergabe geht ohne grosses Trara über die Bühne. Und Adios! Glücklich verlasse ich das Tierheim und stolziere, ohne mich ein einziges Mal umzudrehen, von dannen. Höchstens der Abschied von meinem liebsten Spielkameraden Fritzi tut mir ein wenig weh. Endlos haben wir zusammen Balli gespielt. Total lustig war, wie der kleine Bodenwischer immer unter meinem Bauch hindurchrannte und dadurch jeden Ball schneller schnappen konnte, als ich es je vermochte. Doch auf mich wartet nun ein neues Leben und Fritzi findet sicher bald einen neuen besten Kumpel oder vielleicht Menschen, die ihn adoptieren. Was dann auch der Fall ist.

Wir gehen gerade mal ein paar Meter zu einem Auto und Frauchen macht die Kofferraumtüre auf und ich erstarre! Was heisst erstarre, mir bleibt die Spucke weg. Auf mich wartet eine beschissene Transportkiste. Frauchen hebt mich zackig hoch und schiebt mich ohne grosses Federlesens in die Kiste. Dazu flötet sie mir ins Ohr: »Dies ist für deine Sicherheit.«

Pah, darauf kann ich gut und gerne verzichten! Nein, Leute, nicht mit mir! Mein neues Herrchen fährt los und ich fange sogleich an zu protestieren, indem ich unüberhörbar laut winsele. Und dabei läuft mir doch tatsächlich der Angstsabber aus dem Maul. Igitt, wie unappetitlich! Frauchen will mich trösten, aber in meiner Panik, die nicht gespielt ist, dringen ihre Worte nicht bis zu meinen Ohren. Herrchen hält irgendwann an und ich darf mir die Beine vertreten. Mir ist hundeelend und ich muss kotzen! Oh je, das fängt ja gut an. Die beiden gönnen mir dann eine längere Pause, kennen danach aber kein Erbarmen. Ich muss zurück in den engen Käfig. Vom Stress und vom Kotzen geschwächt lege ich mich in meinem Verlies hin. Ich kann nur hoffen, dass diese Autofahrt bald vorüber ist! Nach gefühlten Stunden halten wir erneut an und ich darf endgültig aussteigen. Herrchen sagt: »Bobby, wir sind zu Hause.«

Das Gefühl von unbändiger Freude bleibt aus. Meine Laune ist wegen der engen Box, der Horrorautofahrt und dem Kotzen unter aller Sau!

Im falschen Film?

Frauchen geht mir voran, öffnet die Haustür und heisst mich herzlich willkommen. Ich tapse eingeschüchtert und unsicher über die Schwelle und gucke mich zögerlich um. Ich darf von Raum zu Raum gehen und habe somit die Gelegenheit, alles intensiv abzuschnüffeln. Unzählige neue Eindrücke und Düfte überfluten meine Sinne. Ja, sie erschlagen mich geradezu. Verunsichert und ängstlich gucke ich die unzähligen Katzen an, die herumstehen, liegen oder majestätisch einfach nur stumm da hocken. Selbst an den Wänden hängen sie. Gottlob hinter Glas! Von überall her glotzen sie mich mit ihren schräg stehenden Augen wie ägyptische Sphinxe an, was mir ein sehr mulmiges Gefühl beschert! Bin ich etwa im falschen Film? Ich hege nämlich immer mehr die Befürchtung, bei Katzenmenschen gestrandet zu sein! Eingeschüchtert mache ich mich so klein wie möglich, in der Hoffnung, dass die Miezekatzen mich in Ruhe lassen. Eine rabenschwarze Katze macht mir jedoch besonders Angst. Meine Beine schlottern und fühlen sich wie Pudding an. Sie mustert und guckt mich reglos mit starrer Miene unverwandt an. Ich nehme meinen ganzen Mut – den ich noch habe – zusammen und robbe auf allen Vieren an ihr vorbei. Dabei bete ich zu allen Heiligkeiten, dass sie ihre Krallen nicht ausfährt. Als Frauchen mein demütigendes Vorbeikriechen sieht, sagt sie lachend: »Bobby, das ist keine lebendige Katze. Die tut dir ganz bestimmt nichts!«

Sie nimmt die Katze und hält sie mir vor die Nase. Zögerlich schnüffele ich daran und stelle augenblicklich fest, dass sie nach Staub (!) riecht. Und dieser kitzelt mich dermassen in meiner Nase, dass ich einen fürchterlichen Niesanfall bekomme! Nach den letzten bangen Minuten kann ich mich nun wenigstens zwischendurch ein wenig entspannen. Endlich ist die Hausbesichtigung vorbei und ich darf mich auf einer flauschigen Decke hinlegen. Ich bin hundemüde und wäre am liebsten sofort eingepennt. Doch dies lassen meine überreizten Nerven nicht zu. Aufgekratzt und gleichzeitig ziemlich unglücklich, liege ich zusammengerollt – wie ein Häufchen Elend – da und wünsche mir fast, wieder im Tierheim zu sein. Ich bin unendlich deprimiert und mag daher weder fressen noch trinken. Mein Gemütszustand entgeht meinen neuen Besitzern natürlich nicht und deswegen fühlen sie sich in diesem Moment wohl auch nicht gerade superglücklich. Und so hängt am ersten Abend unseres Zusammenlebens der Himmel nicht etwa voller Geigen, sondern voller dunkler, drohender Wolken.

Die neue Situation hat uns alle ziemlich geschafft und so gehen wir früh schlafen. Frauchen nimmt mein Körbchen mit in ihr Schlafzimmer und stellt es neben ihr Bett. Ich bin heillos froh, dass ich die erste Nacht in ihrer Nähe bleiben darf. Herrchen hat übrigens ein eigenes Zimmer, weil er Frauchen sonst mit seinem Geschnarche stört. Dies so nebenbei. Ich gehe also in mein Körbchen und penne augenblicklich ein. Doch ich erwache öfters in dieser Nacht. Jedes Mal muss ich mich vergewissern, dass Frauchen noch da ist. Deshalb stupse ich sie mit meiner Nase immer wieder an, um zu sehen, ob sie schläft. Tut sie natürlich nicht, weil ich sie ja dauernd anstupse. Früh (sehr früh) am Morgen mache ich mich dann winselnd bemerkbar, weil ich dringend mal muss! Herrchen steht hurtig auf, steigt schnell in seine Hose, wirft sich ein Sakko über und dann gehen wir zusammen das erste Mal Gassi. Augenblicklich kann ich mein grosses und kleines Geschäft verrichten. Huch, welche Erleichterung! Herrchen hat sogar einen Kacke-Entsorgungsbeutel dabei! Und schon fühle ich mich besser, wenn nicht sogar gut! Herrchen hat übrigens auch schlecht geschlafen. Denn mit einem Ohr horchte er die ganze Nacht, ob ich keine Dummheiten mache. So etwas traut der mir zu! Dass Frauchen ebenfalls eine miese Nacht hatte und sie deswegen Augenringe hat, fällt ihm gar nicht auf. Ich aber stelle fest, dass sowohl er wie sie heute Morgen – infolge akutem Schlafmangel – ziemlich zerknittert und zerknautscht aussehen. Man kann sagen, sie sind über Nacht um Jahre gealtert! Muss ich mir deswegen etwa Sorgen machen?

Während des Frühstückes sind beide ziemlich schweigsam und reden nur das Nötigste. Von guter Laune am Frühstückstisch kann also keine Rede sein. Ich hingegen bin nun bereits gut drauf und kann es kaum erwarten, erneut auf Entdeckungstour zu gehen. Gestärkt durch ein exzellentes Mahl, bin ich nun für alle mögliche Schandtaten zu haben! Plötzlich sagt Frauchen: »Ich glaube, es war ein riesiger Irrtum, einen Hund anzuschaffen. Ich fühle mich jetzt schon total überfordert. Ich bringe ihn noch heute zurück!«

Als ich dies höre, setzt mein Herzschlag für einen Moment aus und mir wird schwarz vor den Augen. Gleich danach möchte ich aus lauter Frust losbellen. Aber dadurch würde ich die Situation wohl eher noch verschärfen. Also halte ich gefälligst meine Schnauze! Als Herrchen irgendwann seine Sprache wiederfindet (die hatte es ihm nämlich kurzfristig verschlagen), sagt er: »Merk dir, Weib, das kommt überhaupt nicht in Frage! Wir haben uns für diesen Hund entschieden. Also bleibt er. Basta!«

Ich hocke unglücklich neben ihm und hoffe, dass er sich mit dieser klaren Ansage durchsetzen kann. Frauchen sitzt derweil total deprimiert am Tisch, starrt Löcher in die Luft und schnieft laut vor sich hin. Und dabei läuft ihr unappetitlicher Rotz aus der Nase. Igitt! Jetzt oder nie, denke ich! Ich muss unverzüglich zur Tat schreiten. Also stupse ich Frauchen zart mit meiner Schnauze an und schaue sie ungläubig, jedoch voller Hingabe an. So nach dem Motto, schau, ich lege dir mein kleines Hundeherz zu Füssen. Dann setze ich noch einen drauf, indem ich eine Pfote vertrauensvoll auf ihren Schenkel lege. Und da höre ich das Eis brechen, Frauchen schmilzt dahin! Sie fängt an, mich hinter den Ohren zu kraulen und ich sehe die drohende Gefahr schwinden. Und just in diesem Moment bin ich felsenfest überzeugt, dass sich ihre momentane Panik und Hysterie bald in Luft auflösen und sich alles zum Guten wenden wird. Ich bringe sogar ein wenig Verständnis für ihr Getue auf, da Frauchen ja bis zum heutigen Tag null Erfahrung mit Hunden hat. Sie hat ja »nur« Erfahrung mit Katzen!

Nachdem sich meine Menschen vom Frühstückstisch erheben, darf ich in den Garten. Toll, hier hat es viel Platz zum Herumrennen und eine Menge Blumenbeete! Nicht heute, aber schon bald werde ich Blumenzwiebeln ausbuddeln, um damit Fussball zu spielen. Vielleicht finden meine neuen Menschen dies sogar spassig und spielen mit. Nicht so, wie der olle Griesgram auf Ibiza!

Ich muss zur Schule

Kaum richtig eingelebt, steht die nächste Herausforderung an. Ich muss die Schulbank drücken! Es ist hier gesetzlich vorgeschrieben, dass jeder frischgebackene Hundehalter und sein Vierbeiner die Hundeschule besuchen müssen. So gehen also Frauchen (Herrchen gurkt es an und darum will er lieber nicht!) und ich an vier Nachmittagen zur Schule. Dort soll ich das Einmaleins des Gehorsams lernen, damit aus mir ein vorzeigbarer Hund wird. Und wahrscheinlich aus Frauchen eine vorzeigbare Hundehalterin. Eigentlich ist der Besuch der

Schule für mich keine wirklich grosse Herausforderung. Denn ich bin von Natur aus anpassungsfähig und folgsam. Daher sehe ich der ganzen Sache eher gelassen entgegen. Insgesamt sind wir zu acht, das heisst, drei Männer mit ihren Hunden sowie Frauchen und ich. Wenigstens ist mit der Hundetrainerin noch eine weitere weibliche Person vor Ort. Ansonsten würde sich Frauchen bei diesem Macho-Überschuss bestimmt ein wenig unwohl fühlen. Mir hingegen sind die menschlichen Teilnehmer sowieso schnuppe. Ich hege indes grosse Hoffnung, dass ich die eine oder andere kesse Hundedame kennenlerne. Was dann leider nicht der Fall ist! Es ist wohl eine anwesend, aber die ist überhaupt nicht nach meinem Gusto!

Einer der Männer ist mit einem kleinen, dicken, griesgrämigen Terrier da. Er (der Mann), übrigens das Ebenbild seines Hundes, hat von Anfang an schlechte Laune und motzt dauernd herum. Und wenn er nicht gerade herumstänkert, labert er mit seiner Lebensgeschichte Frauchen die Ohren voll. Unverzüglich muss sie – ob sie will oder nicht – wissen, dass er seit Urzeiten immer Hunde hatte. Nachdem sein letzter Hund vor über einem Jahr das Zeitliche gesegnet hat, habe er nun diesen süssen (von wegen!) Terrier gekauft. Und trotz langjähriger Hundekenntnis müsse er dennoch diesen blöden Kurs besuchen. Der Behördenschimmel wiehere einmal mehr lautstark. Er wisse doch aus dem Effeff, wie man einen Hund erziehe. Denkste wohl! Und wie sich dann tatsächlich herausstellt, überschätzt er sich und seinen Hund masslos. Der gute Mann hat nämlich keine Ahnung von Hundeerziehung und sein Terrier demzufolge noch weniger Ahnung von Gehorsam. Erspäht der kleine Kläffer irgendwo am Horizont einen Vogel, saust er wie ein Irrwisch davon. Sein Chef kann dann rufen, so viel und so laut er will, der Hund nimmt keine Notiz mehr von ihm. Zurück kommt er nur, wenn es ihm irgendwann in den Kram passt, oder schlicht, wenn er genug Spass hatte, Vögel zu jagen.

Derweil schäumt sein Besitzer vor Wut. Kommt Hund dann endlich angezottelt, zieht ihm Herrchen – als Strafe – die Leine über die Schnauze. Die Hundetrainerin massregelt den Mann daraufhin mit scharfen Worten und sagt: »Sie haben null Ahnung von Hundeerziehung. Und lassen Sie unverzüglich das Schlagen mit der Leine, sonst zeige ich Sie beim Tierschutz an.«

Natürlich findet der Kerl Widerworte. Er weiss einfach alles besser und beharrt stur auf seinen Erziehungsmethoden. Die Hundetrainerin rauft sich ob so viel Dumm- und Sturheit die Haare. Liebend gerne würde sie ihm bestimmt in die Eier treten. Obwohl ich kein Hellseher bin, weiss ich, was Frauchen soeben durch den Kopf geht. Nämlich, dass der Kerl ein totaler Kotzbrocken und ein besserwisserischer Klugscheisser und erst noch ein aufgeblasener Egomane ist! Für mich ist er schlicht und ergreifend ein Vollpfosten!

Einer der Kursteilnehmer hat eine Beagle-Dame dabei. Wenn die Trainerin verlangt, dass wir nach links laufen, läuft sie ganz bestimmt nach rechts. Muss sie sitzen bleiben, trottet sie fröhlich und unbekümmert von dannen. Übrigens kann der Besitzer dieser eigenwilligen Dame noch so rufen, schreien, betteln oder sogar auf den Knien rutschen, es hilft alles nichts. Sie reagiert schlicht auf keinen Zuruf. Er muss sie holen, sonst kommt sie nie und nimmer zurück! Nach dieser Demonstration des Ungehorsams nehme ich mal an, dass Beagles in der Regel schlecht erziehbar oder einfach nur Sturköpfe sind.

Ein weiterer Teilnehmer hat einen sehr betagten Mischlingshund dabei. Dort gibt die Erziehung auch nicht viel her. Denn der alte Rüde sieht fast nichts mehr und hört noch weniger. Somit bin ich in unserer Schulklasse der einzige, der wirklich etwas taugt. Folgsam und sehr willig mache ich das, was von mir verlangt wird. Wir werden beispielsweise an einem Zaun angebunden. Unsere Besitzer müssen ohne zurückzuschauen davongehen. Der unfolgsame Terrier, die sture Beagle-Dame und der uralte Mischling fangen sofort an zu rebellieren, indem sie lautstark um die Wette kläffen und wie verrückt an ihren Leinen zerren. Und dazu hüpfen sie erst noch wie Gummibälle auf und ab (ausser der alte Rüde, der macht eh keine grossen Sprünge mehr). Ich hingegen, ich bleibe total easy, denn ich weiss, dass Frauchen zurückkommt, denn ohne mich kann sie eh nicht mehr leben. Ergo warte ich ruhig und geduldig. Dafür bekomme ich von der Trainerin viel Lob und von Frauchen ein Leckerli.

In der letzten Schulstunde wird unsere Stadttauglichkeit geprüft. Die Trainerin will sehen, wie wir uns im Strassenlärm oder im Menschengetümmel verhalten. Und vor allem will sie feststellen, ob wir leinentauglich sind. Während unseres Stadtbummels müssen wir über Gitterroste oder über eine Brücke, unter der tosendes Wasser durchfliesst, laufen. Sie will damit testen, ob wir unserem Besitzer in jeder Situation blind vertrauen und ihm ohne Bedenken oder Angst folgen. Also geht Frauchen voraus und ich ohne das kleinste Zögern hinterher. Vom riesigen Affenzirkus, welchen die anderen Hunde aufführen, schweigt des Sängers Höflichkeit!

Danach laufen wir zum Bahnhof. Dort hat es einen Lift. Und wir Hunde müssen lernen, keine Angst vor der engen Kabine zu haben und wie man richtig ein- und aussteigt. Und nun fängt das Schummeln von Frauchen an. Ich betrete heute »angeblich« zum ersten Mal einen Lift. Sie verschweigt hinterlistig, dass ich bereits ein erprobter Liftbenutzer bin. Sobald ich im Fahrstuhl bin, setze ich mich also folgsam hin. Geht die Türe auf oder zu, warte ich brav, bis der Befehl zum Ein- oder Aussteigen kommt. Lifttüren sind gefährlich und machen – wenn Hund dazwischen gerät – sehr, sehr weh. Ich bekomme für diese Übung die Bestnote. Ich bin eben hochbegabt! Daraufhin sonne ich mich – mit leicht schlechtem Gewissen – im Applaus der menschlichen Kursteilnehmer. Sie finden, dass ich blitzgescheit bin, weil ich »Lift fahren« auf Anhieb kapiert habe. Selbst die anderen Hunde zollen mir Respekt. Und die Beagle-Dame kommt aus dem Staunen nicht heraus. Soviel Können und Gehorsam übersteigt wahrscheinlich ihren Horizont! Frauchen müsste eigentlich in diesem Moment vor Scham im Boden versinken. Tut sie natürlich nicht! Hoffentlich kommt uns keiner dieser Menschen je besuchen, denn dann käme heraus, dass wir in unserem Haus, weil es über drei Stockwerke geht, einen Lift haben. Und darin rauf und runter zu fahren ist für mich Pipikram. Danach laufen wir noch an den Bahnsteigen entlang und da versagt meine gute Erziehung. Nicht etwa, dass mich die ratternden Züge oder die vielen Menschen ängstigen, nein, ich muss kacken! Und so hocke ich mich ungeniert mitten auf dem Bahnsteig hin und verrichte meine Notdurft. Frauchen schämt sich für mich und die Trainerin schüttelt missbilligend den Kopf. Aber das ist mir scheissegal, wenn ich muss, muss ich!

Nun kommt der ultimativ letzte Eignungstest. Die Trainerin stellt in einem Abstand von je einem Meter vier Fressnäpfe auf den Boden. In jedem liegt ein verführerisches Wursträdchen. Frauchen muss mit mir an der Leine nahe an den Näpfen vorbeigehen und ich darf den delikat riechenden Wursträdchen nicht erliegen. Denn sie könnten vergiftet sein! Soll ja Menschen geben, die so etwas tun. Was für Scheusale! Das Ziel dieser Übung ist, dass Hund nicht alles, was auf der Strasse liegt, frisst. Auch wenn es noch so verlockend duftet! Frauchen und ich sind als letzte an der Reihe. Die anderen Schüler haben diese Übung mit Bravour bestanden. Was ich hingegen mit den Wursträdchen mache, muss ich ja wohl nicht näher erläutern! Als Entschuldigung kann ich höchstens anführen, dass die Wursträdchen eh nicht mehr benötigt wurden.

Gemäss meinen Menschen ist meine schlimmste Unart, dass ich alles, was irgendwo herumliegt, gerne fresse. Egal, ob Hundescheisse, Pferdeäpfel, Schwanenkot, Erbrochenes, Brotreste, Kaugummis, Haselnüsse, Maronen, alles verschwindet in meinem Rachen. Und je mehr es stinkt, desto mehr mundet es mir. Pferdeäpfel sind übrigens – so nebenbei bemerkt – meine Leibspeise! Sie sind nämlich eine richtige Delikatesse! Frauchen rastet deswegen manchmal fast aus! Sie arbeitet fleissig daran, mir diese Unsitte auszutreiben. Bis jetzt sind ihre Bemühungen jedoch von keinem Erfolg gekrönt. Mit absoluter Gewissheit weiss ich, dass ich hier nicht klein beigeben werde. Daran wird auch die Hundeschule nichts ändern. Denn allzu sehr mag ich diese kleinen Snacks, die in Hülle und Fülle überall herumliegen und vor sich hin gammeln!

Zurück zur Schule. Am Ende der Schulstunde dürfen wir immer noch miteinander herumrennen und spielen. Der alte Rüde hoppelt jeweils gerade mal ein paar Meter, dann ist er ausser Puste. Und der Terrier will gar nicht erst herumrennen, weil er dauernd nach Vögeln Ausschau hält. Also bleiben nur die Beagle-Dame und ich übrig. Also muss, soll oder darf ich mit ihr herumtollen. Doch sie findet es anscheinend lustiger, statt mit mir zu spielen, mich ständig mit ihren spitzen Zähnen in meine Hinterflanken zu kneifen. So macht Spielen überhaupt keinen Spass. Frauchen betrachtet mit gerunzelter Stirn das grobe Tun und macht dem ganzen Treiben ein Ende, indem sie mich wieder an die Leine nimmt. Bin ich froh! Ich setze mich manierlich neben Frauchen und fletsche aber hinter ihrem Rücken gen besagte Dame die Zähne. Die zottelt jedoch, unbeeindruckt von meiner Drohgebärde, erhobenen Hauptes einfach davon. Doofe Tussi!

Obwohl die Trainerin das Kacken auf dem Bahnsteig und das Fressen der Wursträdchen bemängelt, bestehen Frauchen und ich den Kurs mit Auszeichnung. Frauchen bekommt einen Wisch (Fähigkeitszeugnis), den sie an die Wand hängen kann und ich bekomme einen Sack Leckerlis. Der Schulbesuch hat sich für Frauchen und mich – trotz meiner zwei kleinen Ausrutscher – dennoch gelohnt. Denn nur ein gut erzogener und folgsamer Hund kann ein Maximum an Freiheit geniessen. Diese Erkenntnis stammt nicht etwa von der Hundetrainerin oder Frauchen, sondern vom berühmten Martin Rütter aus Deutschland. Für jene, die noch nie von ihm gehört haben: Er ist »der« Seelenklempner der Nation. Natürlich für Hunde! Manchmal aber auch für deren Halter. Und für »angefressene« Hündeler ist er sogar so etwas wie ein Oberguru! In etwa vergleichbar mit dem Dalai Lama oder dem Papst. Frauchen hält auf jeden Fall mächtig viel vom Halbgott Rütter. Wenn er einen Live-Auftritt hat, sitzt sie in der vordersten Reihe. Und Herrchen wird jeweils von ihr genötigt, sich die Show ebenfalls reinzuziehen. Ob er will oder nicht, er muss mit! Da kennt sie kein Erbarmen. Auch in der Glotze schaut sie sich jede Sendung von ihm an. Doch da streikt Herrchen und verlässt dann demonstrativ das Wohnzimmer. Ich spekuliere mal wild darauf los, vielleicht ist da ein bisschen Eifersucht im Spiel. Denn schwärmerisch – wie ein Schulmädchen – sagte Frauchen einmal: »Wenn der Rütter mich zu einem Kaffee einladen würde, ich würde auf keinen Fall ablehnen. Und ich würde ihn auch nicht von der Bettkante stossen«, setzte sie noch einen obendrauf.

Mann, oh Mann, wieso darf dieser Kerl allenfalls zu Frauchen ins Bett und ich nicht?

»Das hättest du wohl gerne. Träum weiter!«, antwortete Herrchen zynisch.

Und als er ihr dies kundtat, hatte er dazu erst noch ein süffisantes und hämisches Grinsen im Gesicht.

Nachdem wir die Hundeschule erfolgreich abgeschlossen haben, kritisiert kurz darauf eine Bekannte von Frauchen ihre Erziehungsmethoden. Indem sie Frauchen vorwirft, sie erziehe mich zu streng und sie solle mir mehr Narrenfreiheit (?) lassen. Und diese Kritik kommt aus dem Munde einer Frau, die zig Katzen hat! Jeder Volldepp weiss doch, dass bei diesen Viechern jegliche Erziehung versagt oder wortwörtlich für »die Katz« ist! Und ausgerechnet diese Person will sich als Koryphäe für Hundeerziehung aufspielen. Das kommt bei Frauchen gar nicht gut an. Blitzartig verengen sich ihre Augen zu schmalen Schlitzen und ihre Lippen sind nur noch zwei dünne Striche. Und dann – meine Fresse – geraten die beiden sich in die Haare. Hallo meine Damen, ich bin auch noch da! Darf ich auch etwas dazu sagen? Natürlich nicht! Wollte eigentlich Partei für Frauchen ergreifen. Stattdessen klemme ich meinen Schwanz zwischen die Beine und begebe mich sicherheitshalber aus der Schusslinie. Denn wer gerät schon gerne zwischen die Fronten zweier zänkischer Weiber? Nicht dass ich etwa feige bin. Nein, ich mache nur das, was die meisten Kerle in solchen Situationen tun, ich mache mich vom Acker! Der Streit endet damit, dass Frauchen ihre Bekannte eine blöde, rechthaberische Besserwisserin schimpft! Diese ist daraufhin dermassen eingeschnappt, dass sie unverzüglich aufsteht und wortlos geht. Dabei vergisst sie aber nicht, die Türe heftig hinter sich zuzuknallen. Mir klingeln noch Tage danach die Ohren. Seit diesem verbalen Zusammenstoss herrscht zwischen den beiden Frauenzimmern Funkstille. Sollte diese Xanthippe nie mehr auf Besuch kommen, ist das für mich kein grosser Verlust. Denn ich konnte das Weibsbild eh nicht leiden, weil es immer nach Katzenmief roch. Pfui Teufel!

Meistens folgsam!

Da ich rundum glücklich bin, bin ich »meistens« ein folgsamer Hund. Meistens! Aber eben, nicht immer! Denn manchmal lässt mein Gehorsam doch etwas zu wünschen übrig. Ein Beispiel gefällig? Wenn meine Menschen beim Essen sind, hocke ich penetrant neben dem Tisch und starre sie unverwandt an. Dazu verfolge ich mit gierigen Augen jeden Happen, welcher von ihren Gabeln in ihren Mund wandert. Und weil sie dies hassen und ums Verrecken keinen bettelnden Hund bei Tisch wollen, muss ich während ihrer Mahlzeiten ins Körbchen! Es gibt Tage, da klappt es ohne grosses Trara prima. Und es gibt solche, na ja, da hapert es ein wenig. Bin ich beispielsweise am Morgen mit der falschen Pfote aus dem Körbchen gehüpft, kann es durchaus vorkommen, dass ich dann den ganzen Tag miesepetrig drauf bin. Und dann müssen meine Leute mich mindestens vier bis fünf Mal »höflich« auffordern, bis ich mich endlich bequeme, zu gehorchen. Ich kann nämlich – wenn ich schlecht gelaunt bin – ganz schön stur, trotzig oder sogar bockig sein. Gehorche ich auf Anhieb, kriege ich ein Leckerli. Manchmal verschlinge ich dieses in aller Hast, hüpfe danach unverzüglich wieder aus dem Ort der Verbannung und schlendre völlig naiv und unbedarft zum Tisch zurück. Doch wenn ich glaube, damit durchzukommen, habe ich die Rechnung ohne den Wirt respektive ohne meine Leute gemacht. Zu Anfang standen sie übrigens unzählige Male vom Tisch auf, um mich immer und immer wieder ins Körbchen zu weisen. Manchmal haben sie mich sogar angeleint und dann ins Körbchen gezerrt! Ich bin sicher, dass die eine oder andere Mahlzeit dadurch kalt ausfiel. Das Positive daran war – und das schleckt keine Geiss weg – dass mein zeitweiliger Ungehorsam dazu beitrug, dass beide gehörig abspeckten. Was auch kein Schaden ist! In letzter Zeit gehe ich nun während ihren Mahlzeiten freiwillig, ohne dass ich dazu aufgefordert werde, ins Körbchen und warte geduldig, bis sie endlich fertig sind mit mampfen. Meine Menschen bilden sich nun sicher ein, dass der Samen ihrer konsequenten Erziehung aufgegangen ist. So ein Blödsinn! Ich habe freiwillig klein beigegeben.

In einem der Küchenschränke wird mein Futter aufbewahrt. Leidenschaftlich gerne schnüffle ich an dessen Türe, weil es köstlich aus den Ritzen duftet. Die besagte Tür ist nun immer mit eingetrockneten Sabberspuren verunziert. Die Putzfrau hat seit meinem Einzug eindeutig viel mehr zu tun. Darüber ist sie vermutlich nicht besonders erfreut. Dies kratzt mich aber nicht! Ich hingegen freue mich jede Woche, wenn die Putze ('tschuldigung, meine natürlich die Raumpflegerin) kommt und springe zur Begrüssung dementsprechend an ihr hoch. Hochspringen an Menschen ist übrigens schlechthin eine Macke oder – gemäss Frauchen – eine total beschissene Unart von mir. Von Anfang an versucht sie verzweifelt, mir diese auszutreiben. Dabei holt sie sich sogar Rat aus den Büchern vom Hundeflüsterer Rütter. Der Kerl ist in unseren vier Wänden übrigens omnipräsent und geht mir deswegen gehörig auf den Wecker! Da auch er nicht immer allwissend ist, bleibt der Erfolg bis heute aus! Jetzt bin ich etwas abgeschweift. Wollte ja von meinem Futterfach im Küchenschrank und dessen Bewandtnis erzählen. Mit Argusaugen verfolge ich vor jedem Essen jeden Schritt, den Frauchen macht. Sie geht nämlich im Wissen, dass ich nun freiwillig ins Körbchen gehe, immer zuerst noch zum besagten Schrank und sucht für mich etwas Leckeres heraus. Wie ein Kurzstreckensprinter starte ich dann in Richtung Körbchen und stürze mich – in Vorfreude auf den kleinen Snack – mit einem Vorwärtssalto hinein. Glücklich kaue ich dann auf einem Schweinsöhrchen (oder was auch immer) herum und bleibe danach liegen, bis meine Menschen sich vom Tisch erheben.

Die Küche »wäre« übrigens mein liebster Ort im Haus. Wäre, wenn ich mich tatsächlich in der Küche aufhalten dürfte. Das duldet Frauchen aber nicht. Das Verbot gilt allerdings nur, wenn sie kocht. Dann will sie freie Bahn haben und nicht ständig in Angst leben, dass sie über mich stolpert und zu Fall kommt. Das wäre nämlich gut möglich, denn ich liege bevorzugt mitten im Weg. Und so ein Hinfallen könnte für Frauchen tatsächlich verheerende Folgen haben, weil ihre Knochen altersbedingt bestimmt schon ein wenig spröde sind! Sie ist halt keine junge Frau mehr, sondern eher eine überreife, deren Ablaufdatum absehbar ist! Jetzt ist der Zeitpunkt da, wo ich erwähnen sollte, dass Frauchen ein richtiger Bücherwurm ist. Sie liest die Bücher nicht, sondern sie verschlingt sie geradezu. Vor allem mag sie blutrünstige Krimis. Und sie mag Sachbücher! Sie wissen schon von wem, oder? Ich hoffe nun inbrünstig, dass sie in keinem Buchladen irgendwann über meine Memoiren stolpert. Gut, wenigstens würde sie sich dabei nichts brechen. Nur ihr Selbstbewusstsein könnte beim Lesen meiner Geschichte einen Knacks bekommen. Ach, wie herrlich ist es doch, ab und zu hemmungslos darauf los zu schwadronieren. Nun zurück zur Küche. Frauchen will dort partout keine Hundehaare. Hätte die Küche eine Tür, dann würde diese einfach vor meiner Nase zugeknallt. Problem gelöst. Hat sie aber nicht! Also hat mir Frauchen klar und in aller Deutlichkeit aufgezeigt, wo in etwa die Grenze für mich verläuft.

»Bis hierhin und nicht weiter, mein Sportsfreund, oder du bekommst eine Menge Ärger.«

Davon wenig bis gar nicht beeindruckt, platziere ich mich jeweils so, dass die Hälfte meines Körpers die unsichtbare Grenze überschreitet. Oh Herr, ein Wunder ist geschehen, denn das lässt sie mir immer öfters durchgehen! Ich liege nämlich aus rein strategischen Gründen so. Lauernd warte ich, wenn Frauchen am Kochen ist, bis etwas für mich herunterfällt. Tritt der Fall ein, bin ich dermassen rasant auf den Beinen und schnappe mir das Ding, dass Frauchen zu keiner Reaktion mehr fähig ist. Sie kann höchstens perplex aus der Wäsche gucken. Was übrigens öfters vorkommt! Ob bei Herrchen allenfalls auch etwas herunterfallen könnte, weiss ich nicht. Er ist nämlich ein richtiger Drückeberger, was das Kochen anbelangt. Er vertritt die Meinung, Man(n) soll es denjenigen überlassen, die es besser können. Das ist eine schwachsinnige und erst recht bescheuerte Ausrede. Jawohl! Und das von einem Mann, der ansonsten so clever ist.

Es gibt für mich im Haus noch weitere Tabuzonen. Ich darf die Badezimmer oder vornehm ausgedrückt, die Nasszellen nicht betreten. Frauchen findet, Hund hat da nichts verloren. Und Herrchen ist vordergründig »selbstverständlich« ihrer Meinung! Wenn Frauchen sich zurechtmacht, gucke ich ihr gerne dabei zu. Auch hier lege ich mich strategisch so hin, dass die Hälfte meines Körpers im Badezimmer und der Rest von mir im Korridor ist. So entgeht mir trotzdem nichts, wirklich nichts. Dreihundertzweiundfünfzig Tage im Jahr wundere ich mich, während ich Frauchen zuschaue, wo sie die Kunst des Malens erlernt hat. Versucht sie doch immer und immer wieder, aus ihrem Gesicht ein Kunstwerk zu machen. Gelingt ihr aber nie! Heute Morgen ist mir übrigens aus Versehen mein Balli ins Badezimmer gerollt. Gut, unter uns, es war kein Versehen. Ich habe mit der Pfote nachgeholfen. Dann guckte ich Frauchen mit einem unschuldigen, jedoch leicht hinterlistigen Blick an, der ihr kundtat, ich darf ja das Badezimmer nicht betreten und infolgedessen kann ich den verflixten Ball auch nicht holen. Doch heute machte Frauchen eine Ausnahme! Und so betrat ich zum ersten Mal die geheiligten Hallen respektive eine der Nasszellen. Fühlte sich unter meinen Pfoten auch nicht anders an, als der Rest des Hauses! Also, was soll das ganze Theater? Wenn Herrchen sich übrigens zurechtmacht, gibt es nicht viel zu sehen. Aufs Anmalen verzichtet er. Dafür schmiert er sich weissen Schaum ins Gesicht. Und dabei landen immer einige Spritzer auf dem Boden. Habe davon gekostet. Pfui Teufel, es schmeckte abscheulich! Übrigens, sind wir Männer einmal unter uns, dann sind alle Tabuzonen aufgehoben. Ich darf mich dann in voller Breite und Grösse sowohl in der Küche wie auch im Badezimmer ausbreiten. Wenn Frauchen wüsste, wie gemein sie hintergangen wird!

Morgenritual

Jeden Morgen bin ich zeitig (sehr, sehr zeitig) wach. Meine Menschen befinden sich dann immer noch im Land der Träume. Mucksmäuschenstill liege ich im Körbchen und warte auf das erste Geräusch aus dem Schlafzimmer von Herrchen. Danach stehe ich hurtig auf, strecke mich ausgiebig, gähne laut und begebe mich dann unverzüglich zur Schlafmütze ans Bett. Er krault mich dann zur Begrüssung ausgiebig hinter den Ohren und tätschelt mir liebevoll den Kopf. Danach steht er auf und geht mit mir Gassi. Nach den langen Nachtstunden muss ich mich jeden Morgen eiligst »versäubern«. Übersetzt und weniger vornehm ausgedrückt, ich muss eiligst pissen und kacken. Frauchen schläft zwischenzeitlich immer noch. Kommen wir zurück, ist es meine Aufgabe, Frauchen zu wecken. So sause ich wie ein Irrwisch den langen Korridor entlang, schlingere (verflixte, arschglatte Bodenplatten) dabei um die Ecke ins Schlafzimmer und stürze mich zu ihr ans Bett. Und dann spule ich unser morgendliches Begrüssungsritual ab, indem ich die Vorderpfoten auf den Bettrand stelle und dabei versuche, ihr mit der Zunge über das Gesicht zu lecken. Kaum ist sie wach, bekomme ich schon den ersten Rüffel des

Tages. Leicht angeekelt sagt sie: »Bobby, du schnüffelst und leckst an jedem Hundearsch, mampfst mit Inbrunst Pferdeäpfel oder Hundescheisse, also kannst du nicht allen Ernstes glauben, dass ich deine Zungenküsse mag. Zudem hast du Mundgeruch!«

Ich stinke also aus dem Maul. So, so! Aber sie, sie duftet auch nicht gerade nach Rosenwasser. Eher nach Altersmief! Beleidigt lasse ich mich dann auf den Teppich vor ihrem Bett nieder und meditiere noch ein wenig vor mich hin. Herrchen bereitet derweil das Frühstück zu. Sie haben richtig gelesen, er macht Frühstück. Natürlich nicht freiwillig, er wurde von Frauchen dazu verdonnert! Obwohl ich vor mich hin dämmere, sind meine Lauscher auf die Geräusche, die aus der Küche dringen, ausgerichtet. Irgendwann blubbert das Wasser durch die Kaffeemaschine. Endlich! Und dann hält mich nichts mehr bei Frauchen. Wiederum renne ich wie ein Irrwisch – nun aber in der Gegenrichtung – den langen Korridor entlang zur Küche, drehe aber vorher noch drei Runden wie »Speedy Gonzales« (schnellste Maus von Mexiko) um den Esstisch und stehe schlussendlich ausser Atem vor dem »Chef de Cuisine«! Obwohl, wenn einer nur gerade mal ein Frühstück zubereiten kann, verdient er diesen Titel eigentlich nicht. Einmal wollte Frauchen ihrem holden Gatten Kochunterricht erteilen. Dabei stellte er sich jedoch willentlich und mit purer Absicht so doof und begriffsstutzig an, dass es bei einem einmaligen Versuch blieb. Sich begriffsstutzig anzustellen, hat er bestimmt von mir abgeguckt. Mache ich nämlich immer, wenn ich keinen Bock habe, etwas zu tun, wozu ich keine Lust habe oder was mir grundsätzlich gegen den Strich geht!

»Bubi (mein Kosename), hol Frauchen und sag ihr, sie soll aufstehen, das Frühstück ist fertig«, befiehlt mir Herrchen.

Ist Herrchen eigentlich ein bisschen plemplem? Ich kann wohl diverse Geräusche von mir geben, aber reden kann ich noch nicht! Das müsste er doch wissen. Also was soll dieser Mumpitz? Trotzdem sprinte ich – wie gehabt – nochmals zu Frauchen. Hüpfe dann vor ihrem Bett wie ein Blödmann auf und ab. Vermeide jedoch, sie dabei zu küssen. Winsle dafür laut und gebe ihr mit meiner Körpersprache zu verstehen: Schiebe endlich deinen Hintern aus der Heia. Kaum streckt sie ein Bein unter der Decke hervor, flitze ich schon wieder davon. Somit habe ich bereits vor dem Frühstück, also auf leeren Magen, das reinste Fitnessprogramm hinter mir. Nach gefühlter Ewigkeit kommt Frauchen dann endlich angeschlurft und macht mir mein Futter zurecht. Sie ist nämlich dafür zuständig. Da ich seit dem Aufstehen Kohldampf schiebe, stürze ich mich mit Heisshunger auf mein Fressen und verschlinge alles bis auf den letzten Krumen! Danach gehe ich – Sie wissen noch – freiwillig ins Körbchen. Gelernt ist gelernt! Doch ausgerechnet heute habe ich keinen Bock darauf und darum trödle ich noch ein wenig herum. Und schon ruft Frauchen: »Bobby, ab ins Körbchen!«

Ich stelle mich jedoch taub und starre dabei Löcher in die Luft. Ich bleibe wie ein störrischer Esel vor dem leeren Fressnapf stehen. Und dann lecke ich diesen noch die längste Zeit akribisch aus. Es könnte ja sein, dass ich ein Krümelchen übersehen habe. Danach trinke ich laut schlabbernd eine Menge Wasser. Daraufhin begebe ich mich nochmals zum »immer noch leeren« Napf zurück und lecke ihn erneut gründlich aus. Und zu guter Letzt stehe ich mit hängenden Ohren (ein Bild des Jammers) da und warte, bis ich laut rülpsen muss! Meine Menschen rollen, ob so viel Theatralik, die Augen. Erst auf den dritten oder vierten Zuruf, nun von Herrchen, mache ich mich auf die Socken respektive auf die Pfoten. Dabei halte ich Ausschau nach imaginären Fliegen, Spinnen oder sonstigem Ungeziefer, schnuppere an jedem Möbelstück und vergewissere mich, ob alles noch am richtigen Ort steht. Könnte ja sein, dass sich über Nacht etwas verändert hat. Drehe dann eine Runde um die Polstergruppe, inspiziere den Kaminvorsprung mit den unnötigen Nippes darauf und vergesse auch nicht, jede Katze, die herumsteht und als Staubfänger dient, abzuschnüffeln. Und erst dann schlendre ich im Zeitlupentempo schlussendlich zum Körbchen. Schlicht, ich schinde Zeit und strapaziere die Nerven meiner Menschen ins Unermessliche. Sie bleiben aber, trotz meiner Verzögerungstaktik und meiner angewendeten Raffinesse, unnachgiebig. Ich spüre, dass ihr Geduldsfaden demnächst reisst. Also hüpfe ich nun behände ins Körbchen! Erwarte ich jetzt ein Lob oder ein Leckerli, kann ich bis zum Sankt Nimmerleinstag warten! Wieso eigentlich? Schliesslich war ich doch noch folgsam, oder?

Skulpturen- und Begegnungsweg

Jeden Vormittag fährt Herrchen zum Einkaufen. Dann darf ich mit. Zuerst machen wir immer einen langen Spaziergang, weil ich – wie ein programmierter Roboter – bereits zum zweiten Mal kacken (das Frühstück lässt grüssen) und zigmal Pipi machen muss. Herrchen steht sich derweil die Beine in den Bauch und zeigt viel Geduld. Auf diesen Spaziergängen haben wir zusammen aber auch immer eine Menge Spass. Manchmal rennt Herrchen nämlich mit mir um die Wette. Zu erwähnen, wer gewinnt, erübrigt sich! Doch er nimmt die Niederlagen jeweils mit Fairness. Er denkt sich wohl, dass er wenigstens so etwas für seine alten Knochen tut. Öfters treffe ich auf Artgenossen. Doch die meisten interessieren mich nicht besonders, das heisst, kurz beschnuppern und dann weitergehen. Besonders gerne laufe ich am Skulpturenweg entlang. Es stehen dort – um dem Namen gerecht zu werden – die unmöglichsten Gebilde, gefertigt aus Eisen, Blech, Stahl, Stein, Marmor oder Holz. Angeblich sind es teure Kunstwerke! Da mir jeglicher Kunstsinn abgeht, benutze ich die Werke dazu, um daran mein Bein zu heben. Wenn es Herrchen mitbekommt, schimpft er. Aber vielfach träumt er vor sich hin oder hält gerade ein Schwätzchen mit einer jungen, hübschen Maid, die ebenfalls ihren Vierbeiner ausführt. Dann vergisst er alles um sich herum. Geradezu wie ein aufgeplusterter, dominanter Hahn, der nur noch seine Hennen sieht! Wenn Frauchen dies wüsste, würde sie uns ganz bestimmt nicht mehr alleine losziehen lassen! Ich hingegen habe durch sein männliches Imponiergehabe eine Freikarte, um zu pissen, woran und worauf ich gerade Lust habe oder um etwas Verwesendes zu fressen! Ist doch herrlich, oder?

Zurück geht es dann am Begegnungsweg entlang. Dieser führt durch ein Naturschutzgebiet und darum muss ich an der Leine laufen. Begegnungen gibt es hier tatsächlich jede Menge. Ich sehe Reiher, die Ausschau nach Mäusen halten, Schwäne und Enten, die saftige Gräser mampfen und Störche, die herumstelzen und Würmer suchen. Und mitten unter den gefiederten Genossen hockt eine getigerte Katze, die auf ihr Frühstück lauert. Bin direkt neidisch! Denn gegen eine frische und demzufolge noch warme (Bio-)Maus hätte ich nichts einzuwenden. Derweil kreisen freche Möwen und Krähen mit ohrenbetäubendem Lärm über unseren Köpfen. Jetzt reicht es mir! Halali, ich will die Jagd eröffnen, nur um zu sehen, wie sie alle voller Angst davon hüpfen oder flattern. Und ich will erleben, wie die Katze voller Panik davonsaust. Aber leider ist das reinste Utopie, denn – wie erwähnt – ich bin an der Leine und am anderen Ende steht meine Spassbremse. Seufz!

Auch der schönste Spaziergang geht irgendwann zu Ende und wir fahren zum Einkaufen. Ich sitze übrigens nun immer angegurtet auf der Rückbank. Gesichert bin ich noch zusätzlich durch eine Auffangdecke. Meine Menschen haben kapituliert und die verhasste Transportkiste, nach einem weiteren hysterischen Anfall meinerseits, in die Garage verbannt. Geht doch! Dort steht sie nun und modert vor sich hin. Zurück zum Einkauf. Wenn Herrchen in ein Geschäft geht, muss ich im Auto warten. Ich starre derweil unverwandt aus dem Fenster, um ja nicht zu verpassen, wenn er zurückkommt. Kommt er dann, bekomme ich fürs Ausharren immer eine kleine Belohnung. Er ist halt das beste Herrchen, den sich Hund nur wünschen kann! Dann geht's nach Hause, wo Frauchen schon ungeduldig nach uns respektive den Einkäufen Ausschau hält. Denn sie kann es kaum erwarten, endlich hinter dem Herd zu stehen, um »uns« exzellent zu bekochen. Ha, ha, das war jetzt ein Witz! Wussten Sie eigentlich, dass Frauen nicht hinter dem Herd, sondern immer vor dem Herd stehen?

Am Nachmittag gehen wir in der Regel nochmals auf einen langen Spaziergang. Frauchen ist dann immer mit von der Partie. Sie gibt sich jeweils grosse Mühe, ein bisschen Abwechslung in unsere Spaziergänge zu bringen. Manchmal machen wir das »Such-Spiel«. Ich muss bei Herrchen bleiben und bei Fuss warten. Frauchen läuft dann voraus und versteckt Leckerlis. Legt sie auf eine Holzbeige, unter einen kleinen Stein oder hinter ein Grasbüschel. Wenn sie mich ruft, renne ich los, mime den grossen Fährten- und Spurenleser und mache dann eine Riesenshow daraus, wenn ich ein Leckerli finde. Und Frauchen macht sich vor Freude und Stolz fast in die Hose. Gerade so, als wäre ich der beste Spürhund aller Zeiten. Bin ich aber nicht! Es ist nämlich so, beim Verstecken der Leckerlis beobachte ich Frauchen und lasse kein Auge von ihr! Ich tue dann nur so, als ob ich die Leckerlis tatsächlich mit meiner

Nase aufspüren würde. Bin ja nicht blöd! Hauptsache ist doch, dass Frauchen Spass hat, oder?

Ab und zu machen die beiden mit mir noch ein anderes Spiel. Herrchen und Frauchen bleiben mit grossem Abstand voneinander entfernt stehen und auf Zuruf hin muss ich von einem zum andern sprinten. Komme ich sofort und unverzüglich angerannt und setze mich dann auch noch artig hin, erhalte ich wiederum eine Belohnung. Und für Leckerlis sause ich hin und her, bis meine Zunge über den Boden schleift und ich dazu wie eine alte Dampflokomotive keuche. An manchen Tagen haben sie ein Balli dabei und werfen dieses für mich durch die Gegend. Ich spurte ihm dann im gestreckten Galopp hinterher und apportiere es unermüdlich. Manchmal habe ich den Verdacht, dass das Balli werfen nur dazu dient, mich auszupowern. Darauf können die beiden lange warten! Wer dann schlussendlich ausgepowert ist, sind meine Menschen! Denn von diesem Spiel kriege ich nie genug!

Wieder daheim, lege ich mich auf meine Kuscheldecke und lasse den schönen Nachmittag Revue passieren und döse dabei sogar ein. Meine Menschen hingegen können vom Ausruhen nur träumen. Sie haben immer eine Menge Dinge um die Ohren, die »unbedingt« und »unverzüglich« und noch »heute« erledigt werden müssen. Nach einem kurzen, aber erholsamen Schlaf bin ich dann bereits wieder für neue Schandtaten zu haben. Doch jetzt streiken meine Menschen. Sie sind nämlich »hundemüde«. Welche Memmen!

Hunde bleiben draussen!

Hinweisschilder »Hunde bleiben draussen« sind voll ätzend. Denn das bedeutet, dass ich im Auto bleiben muss. Wenn Herrchen einkaufen geht, dauert es gottlob nie lange. Und warum? Weil Männer meistens nur das einkaufen, was auf dem Einkaufszettel steht. Wenn Frauchen einkaufen geht, dauert es Stunden. Und warum? Weil Frauen meistens in einen Kaufrausch verfallen. Und zu diesen kaufsüchtigen Weibern gehört leider, leider auch mein Frauchen. Sorry, aber das muss hier mal gesagt sein.

Ab und zu darf, soll, muss Herrchen Klamotten oder Schuhe kaufen. Meistens ist es ein Muss! Ihm graut vor solchen Einkäufen. Daher windet er sich wie eine Klapperschlange und flüchtet sich in billige Ausreden. Ich könnte aus Scham in den Boden versinken. Irgendwann hat Frauchen genug und setzt ihm eine imaginäre Pistole auf die Brust. Ob solcher Drohung kann er sich nur noch fügen! Schlicht, er kapituliert. Aber selbst Klamotten und Schuhe kauft Herrchen im Eilzugstempo. Was bei Frauchen bestimmt Missbilligung hervorruft, für mich aber die Wartezeit im Auto drastisch verkürzt. Wenn hingegen Frauchen auf Klamotten-Einkaufstour geht, bleibe ich von vorneherein lieber bei Herrchen und leiste ihm Gesellschaft.

Es gibt ein Geschäft, da bin ich immer herzlich willkommen. Ungehindert kann ich den Laden betreten und werde sogar wie ein König empfangen. Und warum? Weil die Verkäuferinnen schon von weitem – wenn ich mit gestreckter Leine, Herrchen hinter mir her ziehend – den grossen Reibach wittern. Und während er versucht, mich zu bändigen, nimmt Frauchen bereits die Auslagen in Augenschein. Und schon sieht sie ein

Halsband in einer Farbe, die Hund noch nicht hat und die er eigentlich auch nicht will! Und selbstverständlich wird dann auch noch die passende Leine dazu in den Einkaufskorb gelegt. In Pink! Hallo, ich bin ein ausgewachsener Rüde und soll Pink tragen! Da könnten die Leute doch glatt auf dumme Gedanken kommen! Doch, scheiss auf die Farbe. Hauptsache, Frauchen vergisst nicht, mein Lieblingsfutter zu kaufen! Aufgeregt schnüffle ich an den Regalen, wo viele verschiedene Leckerli-Beutel stehen. Und weil es dort so verführerisch duftet, wedle ich aufgeregt mit dem Schwanz und mein Herz macht dazu Freudenhüpfer und mein Magen schlägt Purzelbäume. Natürlich wird Frauchen ob meinem Getue schwach und legt haufenweise Leckerli-Beutel in den Einkaufskorb! Der ist mittlerweile proppenvoll. Frauchen hat so richtig zugeschlagen. Nun schreitet sie zur Kasse und bezahlt erst noch freudestrahlend. Für mich gibt sie übrigens das Geld gerne mit vollen Händen aus. Mir soll's recht sein! Und Herrchen, der hält sich – wie immer, wenn es ums Bezahlen geht – dezent im Hintergrund. Alter Geizkragen! Während Frauchen an der Kasse steht, schäkere ich zum Zeitvertreib mit den Verkäuferinnen. Die eine hat es mir besonders angetan! Denn jedes Mal, wenn meine Wenigkeit den Laden betritt, gibt sie mir sofort ein Leckerli. Und sie kennt sogar meinen Namen. Was bei den vielen Hunden, die hier täglich stürmisch und hechelnd den Laden betreten, nicht selbstverständlich ist! Die muss ich doch einfach mögen, oder? Ich bekomme aber nicht nur Leckerlis von ihr, sondern sie setzt sich auch jeweils zu mir auf den Boden. Und dann schmust sie mit mir. Was ich total geil finde, da sie jung, hübsch und knackig ist! Und als typisch hormongesteuerter Kerl finde ich die weiblichen Zwei- und Vierbeiner eh immer zum Anbeissen! Mindestens solange sie die genannten Attribute erfüllen!

Es gibt übrigens Hundebesitzer, die, während sie einkaufen, ihr Tier vor dem Geschäft anbinden. Es kommt deshalb öfters vor, dass in der Zwischenzeit ihr Liebling geklaut wird. Da stellt sich Hund die Frage, welcher Unmensch tut so etwas?!? Meine Menschen gehen dieses Risiko gar nicht erst ein. Und bei einem solch hübschen Kerl, wie ich es nun mal bin, wäre die Versuchung sicher immens gross. Es könnte ja sein, dass mich der »schwarze Mann« holt oder die »Hunde-Mafia« mich entführt. Und meine Leute müssten dann viel, viel Lösegeld bezahlen! Um allen diesen Gefahren zu entgehen, muss ich auch heute wieder einmal im Auto bleiben. Döse ob der elend langen Warterei ein. Endlich sind sie wieder da! Doch meine Begrüssung hält sich in Grenzen. Ich bin nämlich ein wenig stinkig, weil es so lange gedauert hat. Halbwegs versöhnlich stimmen mich die drei klitzekleinen Leckerlis, die ich von Herrchen fürs Ausharren bekomme. Es dürften allerdings ruhig einige mehr sein! Vor allem deswegen, weil ich zwischenzeitlich das Auto nicht auseinandergenommen respektive die edlen Lederpolster nicht zerfetzt habe. Frauchen hat eine Bekannte, deren Hündin hat das tatsächlich getan. Und die gleiche Hündin hat mich übrigens – als wir bei diesen Leuten auf Besuch waren – ganz arg am Rücken gepackt und mich durchgeschüttelt. Jaul! Und das, weil ich kurz meine Nase in ihren »leeren« Fressnapf steckte. Trug von ihrem tätlichen Angriff einen Bluterguss davon, der ordentlich zwickte. Übrigens habe ich mich gegen ihre Attacke kurz gewehrt, hatte aber gegen die wütende Furie keine Chance und darum ging ich schleunigst hinter Frauchen in Deckung. Nach unserem Gerangel mussten wir dann beide den ganzen Abend lang an der Leine bleiben. War das vielleicht öde! Ich war unendlich froh, als wir endlich aufbrachen. Dementsprechend kühl fiel mein Abschied aus.

Zurück zum Auto. Endlich sind die vielen Einkäufe darin verstaut und wir fahren los. In Vorfreude auf meinen Plüschhasen, den ich durchs Wohnzimmer schleudern will, kann ich es kaum erwarten, wieder nach Hause zurückzukehren. Doch Frauchen will noch ihr Auto waschen lassen. Herrchen meint daraufhin: »Was soll das, es regnet demnächst!«

Und dann fängt die Diskussion an. Mag gar nicht hinhören. Schlussendlich trägt die Chefin – wie könnte es anders sein – den Sieg davon. Wir fahren zur Autowaschanlage!

Dort angekommen, geht die Diskussion erneut los und zwar darüber, welches Waschprogramm gewählt werden soll. Frauchen will die Luxusvariante, Herrchen die billigste! Mich wiederum hat einmal mehr niemand um meine Meinung gefragt. Nur so viel, die wäre nicht zugunsten von Frauchen ausgefallen! Endlich kommt ein Angestellter angeschlurft. Er macht zuerst eine Vorreinigung von Hand (Luxusvariante!). Plötzlich bemerkt er mich auf der Rückbank, klopft ans Autofenster und schreit: »Süsse Hundi!«

Herrchen lässt daraufhin das Fenster herunter und der Mann fängt an, mich hinter den Ohren zu kraulen. Spätestens ab jetzt finde ich den Abstecher zur Autowaschanlage gar nicht mehr so schlimm. Dann dreht der Mann sich plötzlich um und ruft: »Hey Mann, tu muscht kommen.«

Der »Hey-Mann« kommt angelatscht und so werde ich nicht nur von zwei, sondern von vier Händen gestreichelt. Die beiden haben eine Scheissfreude an mir. Ich bleibe ihnen nichts schuldig und schlabbere den beiden übers ganze Gesicht! Der »Hey-Mann« will wissen, ob ich ein Malteser bin. Daraufhin sagt Frauchen ziemlich kurz angebunden: »Nein, er ist eine Strassenmischung.«

»Kann ich auch so eine kaufen?«, fragt der »Hey-Mann«.

Herrchen nuschelt: »Sicher, vergessen Sie aber nicht, dass jeder Neu-Hundebesitzer obligatorisch die Hundeschule besuchen muss!«

Daraufhin erlahmt das Interesse an mir, wie auch an meinen Menschen und wir können endlich durch die Waschstrasse fahren! Interessiert gucke ich, wie das Auto mit weissem Schaum über und über zugedeckt wird. Dann giesst es urplötzlich wie aus Eimern und ich bin heilfroh, dass ich im Trockenen sitze. Und zu guter Letzt bläst dann noch ein kräftiger Wind, der das Auto trocknet. Nach dieser Behandlung sieht Frauchens Wagen wie neu aus und entsprechend freut sie sich darüber. Und Herrchen macht ein saures Gesicht, weil er immer noch der Ansicht ist, dass die Autowäsche total überflüssig war und das Geld zum Fenster hinausgeworfen ist. Und wo er Recht hat, hat er Recht. Denn, wir sind noch nicht zu Hause, öffnet der Himmel seine Schleusen und es giesst in Strömen!

Schlussendlich war es für mich doch noch ein gelungener Nachmittag. Zwei »Hey-Männer« haben mich ausgiebig gestreichelt, was mir Freude bereitet hat. Frauchen freute sich an ihrem frisch gewaschenen und auf Hochglanz polierten Auto. Nur Herrchen hatte nichts zum Freuen. Im Gegenteil! Das Bezahlen der Autowäsche hat ihm wahrscheinlich arges Bauchgrimmen beschert.

Besuch für mich

Aus heiterem Himmel eröffnet mir Frauchen, »Bobby, heute besucht dich deine Patentante«.

Patentante? Dies sagt mir rein gar nix! Grübel, grübel und studier. Obwohl meine grauen Hirnzellen zu Höchstform auflaufen, komme ich zu keinem Ergebnis. Frauchen klärt mich dann auf. Sollte meinen Menschen etwas zustossen, dann wird meine Patentante die Verantwortung für mich übernehmen. Mit anderen Worten, sie wird dafür besorgt sein, dass es mir weiterhin gut ergeht. Doch nur schon der Gedanke, nicht mehr bei meinen Menschen zu sein, erschreckt mich zutiefst. Und deshalb verdränge ich eiligst den aufkommenden Trübsinn und spiele lieber noch eine Runde mit meinem Stoffhasen. Und schon sind alle Sorgen wie weggeblasen und ich bin wieder ein unbedarfter und glückseliger Hund!

Als die Türglocke ertönt, belle ich in Vorfreude dermassen laut, dass sich meine Leute die Ohren zuhalten müssen. Und dann steht meine Patentante vor mir. Zur Begrüssung springe ich übermütig an ihr hoch, statt brav dazusitzen und abzuwarten, bis wir einander vorgestellt werden. Und schon habe ich auf ihrem Kleid Pfotenspuren hinterlassen. Ganz Dame, geht sie jedoch grosszügig darüber hinweg. Frauchen ist mein Verhalten natürlich megapeinlich, hat sie doch meiner Patentante wochenlang am Telefon vorgeschwärmt, was für ein folgsamer Hund ich bin. Alle Ermahnungen und Befehle prallen in diesem Moment jedoch an mir ab. Gerade so, als ob ich unter totaler Taubheit leiden würde. Und deshalb springe ich fröhlich weiter an meinem Besuch hoch. Nachdem ich mich dann ein wenig beruhigt habe, stelle ich fest, dass meine Patentante eine Tasche dabei hat. Und schon steckt meine Nase samt Kopf in der Tasche drin. Obwohl Hund so etwas eigentlich nicht tun sollte. Ich bin halt neugierig und will lediglich wissen, ob sie Geschenke für mich hat. Und sie hat! Die Frau weiss eindeutig, was sich gehört! Von Minute zu Minute wird sie mir sympathischer. Bevor sich die Menschen zu Kaffee und Kuchen an den Tisch setzen, rückt meine Patentante dann endlich die Mitbringsel heraus. Wurde auch langsam Zeit! Diverse Leckerlitüten sind darunter, ein pelziges Spielzeug, ein Stoffbeutel und ein, zwei Dinge, mit denen ich nichts anzufangen weiss. Ich will natürlich sofort meine Dankbarkeit zeigen, indem ich wiederum versuche, an meiner Patentante hochzujucken. Doch dieses Mal ist sie gewappnet und wehrt mich vehement ab. Sie will vermutlich nicht, dass ihr Kleid noch mehr in Mitleidenschaft gezogen wird! Während des Kaffeeklatsches setze ich mich immer und immer wieder penetrant in Szene. Indem ich den Stoffball durchs Wohnzimmer schmeisse oder indem ich meinen Kopf zwischen die Knie meiner Patentante zwänge und sie so zum Kraulen auffordere. Schlicht, ich gebe einfach keine Ruhe. Mir scheint jedoch, dass meine Patentante trotz alledem jede Minute mit mir geniesst. Und deshalb darf ich wohl auch auf ihren Schoss. Dort nehme ich mir die Freiheit heraus, ihr das Gesicht abzulecken. Da sie gerade etwas sagen will, bekommt sie von mir – natürlich völlig unabsichtlich – einen dicken, feuchten Zungenkuss. Meine Patentante zieht daraufhin ein angewidertes Gesicht und schubst mich vom Schoss. Aber hallo, so schlimm kann doch ein Zungenkuss gar nicht sein!

Auch der schönste Nachmittag geht einmal zu Ende. Meine Patentante gibt mir zum Abschied ein Küsschen zwischen meine Ohren. Ich schaue ihr danach geknickt und traurig hinterher. Doch kaum ist sie aus meinem Blickwinkel entschwunden, wende ich mich wieder meinem Stoffball zu und renne damit – wie ein geölter Blitz – den langen Korridor rauf und runter und mache dazu Luftsprünge wie ein übermütiges Zicklein. Und schon hat sich mein Abschiedsschmerz in Lichtgeschwindigkeit aufgelöst!

Frauchen schreibt einen Brief

Bin heute ein wenig im Stress. Denn nebst Bauch vollschlagen, Gassigehen, Ballspielen und Lumpereien anstellen, muss Frauchen für mich einen Brief schreiben. Ich will mich bei meiner Patentante nochmals für das nette Zusammensein und die Geschenke bedanken. Und mich gleichzeitig für den Zungenkuss entschuldigen! Während Frauchen auf die Tasten haut, schaue ich ihr dabei über die Schulter und kontrolliere mit Sperberaugen, ob sie sich an mein Diktat hält. Denn Vertrauen ist gut, aber Kontrolle ist besser.

Liebe Patentante

Vor Aufregung war ich gestern total durch den Wind. Deshalb gab es für mich kein Halten mehr und darum sprang ich bei der Begrüssung wie ein durchgeknallter Depp an dir hoch. Da dein Kleid dadurch etwas in Mitleidenschaft gezogen wurde, hoffe ich trotzdem, dass du mir mein ungestümes Getue nicht allzu übel nimmst. Mea culpa! Soll dir Frauchen die chemische Reinigung bezahlen? (Uiii, jetzt hat mir Frauchen einen bitterbösen Blick zugeworfen!)

Ich möchte mich für die Geschenke nochmals herzlich bedanken. Gerne würde ich meinen Dank mit ein paar feuchten Küsschen untermauern. Dieses Mal aber ohne Zungenkuss!

Einerseits wären so viele Geschenke gar nicht nötig gewesen! Andererseits machte es aber richtig Spass, die Geschenktüten zu zerfetzten. Die feinen Leckerlis, die du mir mitgebracht hast, schmecken himmlisch. Für das eine Mitbringsel – du weisst schon – das »komische Ding«, wozu mein Wortschatz nicht ausreicht, um es zu beschreiben, habe ich keine Verwendung. Du hast gesagt, dass damit Hunde ihr Fressen nicht einfach herunterschlingen können, sondern dieses langsam und bedächtig fressen müssen. Da hat dich der Verkäufer aber schön über den Tisch gezogen, als er dir »das Ding« andrehte! Ich kaue nämlich mein Trockenfutter genüsslich Stück um Stück. Herrchen findet allerdings, dass ich dabei unnötig viel Lärm mache. Aber da muss er sich halt entscheiden, ob er einen Hund will, der sein Fressen in sechzig Sekunden hinunterschlingt, oder einen, der beim Kauen Lärm macht! Man(n) kann nicht alles haben! Es kommt manchmal vor, dass Frauchen mein Fressen, nicht etwa mit einem »Sträusschen Petersilie« (Im TV gibt es übrigens eine doofe Werbung, die leichtgläubigen Menschen weismacht, dass Miezen dieses Grünzeug mögen!!!), sondern mit ein paar »leckeren Apfelstückchen« garniert. Die mag ich besonders gerne. Leider bekomme ich davon tüchtig Winde. Meine Menschen führen dann ein lächerliches Affentheater auf. Das kannst du dir, liebe Patentante, gar nicht vorstellen! Sie klemmen sich demonstrativ die Nasen zu und reissen alle Fenster – auch im Winter – sperrangelweit auf. Ob Hund sich dabei eine Lungenentzündung holen könnte, ist ihnen völlig wurscht. Wenn aber meine Menschen pupsen, gehe ich hingegen – obwohl diese auch nicht gerade nach Maiglöckchen duften – grosszügig darüber hinweg. Übrigens, meine Pupser sind immer lautlos. Aber die von meinen Herrschaften tönen wie Paukenschläge oder Donnergrollen! Voll krass!

Und wenn ich schon dabei bin, aus dem Nähkästchen zu plaudern, kann ich auch noch von einer weiteren Peinlichkeit berichten. Wir hatten letzthin Gäste. Ich lag ruhig unter dem Tisch. Ruhig, weil ich arges Bauchgrimmen hatte. Irgendwann entfleuchte mir ein – wie üblich *– »geräuschloser« Pupser. Übrigens, das Sprichwort »laute Fürze stinken nicht, leise aber fürchterlich« trifft bei mir den Nagel voll auf den Kopf. Er stank bestialisch. Gasmasken wären für meine Menschen und ihre Besucher wahrhaftig kein Luxus. Als ich nach einer Weile unter dem Tisch hervorlinste, bemerkte ich, wie sich meine Menschen betreten anguckten. Sie schämten sich! Mit hochrotem Kopf stammelte Frauchen dann, dass ich der Schuldige sei. Ob dies die Gäste überhaupt geglaubt haben, weiss ich nicht. Vielleicht dachten sie, dass Frauchen den stinkenden Furz fies und hinterlistig auf den wehrlosen Hund abschieben wollte. Auf jeden Fall sind diese Leute seit diesem Vorfall nicht mehr auf Besuch gekommen! Ist mir auch recht, denn die hatten mir nicht einmal ein Gastgeschenk mitgebracht!*

Den kackebraunen Stoffbeutel, welcher mit feinen Leckerlis gefüllt und zum Apportieren gedacht ist, mag ich nicht. Ich kann apportieren, aber das mache ich nur mit Ballis! Mit einem Stoffbeutel in der Schnauze herumzurennen, auch wenn er mit Leckerlis gefüllt ist, kommt für mich nicht in Frage. Weil ich damit bestimmt affig aussehen würde! Und so liegt er neben dem »komischen« Ding ebenfalls ungebraucht im Schrank.

Hingegen das pelzige Spielzeug ist rege in Gebrauch. Ganz wilde Bestie ähnlich, zerre, rupfe oder beisse ich darauf herum. Das Etikett mit der Waschanleitung habe ich bereits mit Erfolg abgetrennt. Macht aber nix, da dieses Spielzeug die Waschmaschine eh nie von innen sehen wird. Ich werde nämlich keine Ruhe haben, bis es endgültig hinüber ist! Nach vollbrachter

Tat wird Frauchen dann bestimmt wieder mit mir schimpfen. Sie will einfach nicht begreifen, dass ein pelziges Spielzeug gleich Beute ist. Darum packe ich es auch jeweils mit dem sogenannten Nackenbiss und schleudere es herum, wie in einer Wäschetrommel, oder werfe es gen Himmel respektive gegen die Zimmerdecke. In freier Wildbahn und mit echter Beute wäre die im Nu über den Jordan. Mein Jagd- oder Zerstörungstrieb liegt mir übrigens in den Genen, weil angeblich Terrierblut durch meine Adern fliesst. Deshalb wasche ich meine Pfoten in Unschuld.

Und jetzt möchte ich mich noch für das Malheur entschuldigen, als ich den Stoffball mitten auf den Tisch katapultierte. Zu blöde, dass er in der »angeblich« (durfte ja nicht probieren) leckeren Erdbeercreme landete und die dadurch auf das blütenweisse Tischtuch und dummerweise auch noch auf dein Kleid spritzte. Irgendwie lustig, dein hellgelbes Kleid war danach mit roten Sprenkeln gemustert! Und dass eine Kaffeetasse auch noch zu Bruch ging, war reinstes Pech. Natürlich tat ich es nicht mit Absicht, weiss ich doch, dass sich so etwas nicht schickt. Aber wenn wir weibliche Gäste haben, geht halt manchmal mein Temperament mit mir durch. Dies aus reinem Imponiergehabe. Das habe ich übrigens von den »Macho-Kerlen« abgekupfert.

Den Stoffball, welcher in der Erdbeercreme landete, habe ich bereits zertrennt. Den Inhalt verteilte ich in der ganzen Wohnung. Da kam bei Herrchen Stimmung auf. Er musste nämlich auf allen Vieren auf dem Boden herumkriechen und das Füllmaterial zusammenklauben. Ich guckte fasziniert zu. Dabei stand ich ihm natürlich die ganze Zeit im Weg und streckte ihm erst noch meinen Popo ins Gesicht.

»Du stinkst, geh auf die Seite!«, schimpfte Herrchen empört.

Auf allen Vieren bewegt sich Herrchen übrigens ziemlich

schwerfällig! Als dann alles zusammengeklaubt war, stopfte Frauchen das Füllmaterial wieder in den Ball und flickte ihn mit Nadel und Faden. War ja nicht das erste Mal, dass sie ihn reparieren musste. Aus Fairness mache ich danach den Ball immer wieder an einer anderen Stelle kaputt. Denn mit Frauchens Näharbeit ist es nicht weit her. Wenigstens mache ich nur meine Spielsachen kaputt und lasse meine Pfoten respektive meine Zähne vom Besitz meiner Menschen. Sie kennen nämlich eine Hündin, die hat ihr Körbchen total auseinandergenommen respektive zertrennt. Unglaublich, oder? Das eigene Bett kaputt machen, ist schon ein starkes Stück. Und von den Unkosten, die dadurch entstehen, will ich gar nicht bellen.

Nun habe ich noch ein Problem. Vielleicht kannst du mir helfen? Wenn Herrchen und ich alleine im Auto unterwegs sind, bildet er sich ein, ein zweiter »Caruso« zu sein. Meistens trällert er ein Lied von einem Bernhardiner, der ein durchtriebener Schlawiner ist. Er singt zudem ohrenbetäubend laut. Meine Lauscher bimmeln danach, gerade so, als ob ich unter einem Tinnitus leiden würde! Kannst du mir verraten, wie ich diesen fürchterlichen Katzengesang unterbinden kann? Zudem habe ich Angst, dass er mir demnächst ein Rumfässchen um den Hals hängt und ich durch hohen Schnee stapfen und Menschenleben retten muss! Dazu bin ich eindeutig nicht geschaffen. Rede bitte mit ihm ein ernstes Wort. Für einen solchen Notfall ist eine Patentante – wenn ich das richtig verstanden habe – doch da. Oder?

Eigentlich hätte es nur ein kurzer Brief werden sollen. Nun bin ich aber richtiggehend ins Plaudern gekommen. Bin halt manchmal – wie ein altes Waschweib – ein wenig geschwätzig!

Wau, Wau
dein Patenbube Bobby

Ich muss zu Hause bleiben

Meine Menschen machen Urlaub in einem fernen Land, wo es sehr heiss ist, es viel Sand gibt, eine Menge Kamele herumtrampeln, Frauen von Kopf bis Fuss in schwarze Lumpen gehüllt sind und Männer selbst am Tag mit Nachthemden herumlaufen. Während Herrchen und Frauchen weg sind, bin ich bei Freunden von ihnen. Hans und Rosa geben sich grosse Mühe, mir den Abschiedsschmerz zu versüssen, indem sie sich rund um die Uhr um mein Wohl kümmern. Ich nutze es schamlos aus und lasse mich von vorne bis hinten bedienen. Und das tun die beiden erst noch willig! Und somit habe auch ich Ferienfeeling pur und komme dabei weder übermässig ins Schwitzen noch verbrenne ich meine Pfoten im heissen Sand oder muss mich fürchten, von Kamelen zertrampelt zu werden. Und vor allem muss ich keinen grossen Vogel besteigen, um überhaupt dorthin zu gelangen. Und wie sich zeigt, kann ich auch Abenteuer in heimatlichen Gefilden erleben.

Hans und ich fahren heute zu seiner Alphütte. Rosa hat keine Lust mitzukommen. Also sind wir Kerle auf uns alleine gestellt, was uns, oder vor allem Hans, sicher gelegen kommt. Denn Rosa nörgelt manchmal ein bisschen viel herum. Wie Frauen dies eben in der Regel tun. Die Hütte ist rustikal, aber gemütlich. Erleichtert bin ich allerdings, dass ich das Plumpsklo nicht benutzen muss. Da hebe ich mein Bein doch lieber traditionell an einem Baum oder hocke mich zum Kacken ins hohe Gras. Obwohl das Grünzeug an meinem Allerwertesten ganz schön kitzelt! Vor der Hütte ist eine Weide und darauf tummeln sich viele grosse, wirklich grosse Hunde. Und sie tragen alle Glocken um den Hals, die ohrenbetäubenden Lärm machen. Würde mich nicht wundern, wenn die von dem ständigen Gebimmel allesamt taub sind. Da ich manchmal ein ganz schöner Angsthase bin, schlottern mir ob deren Anblick die Beine und meine Nackenhaare stellen sich bolzengerade auf. Und was macht Hans? Er lacht!

»Das sind Rindviecher, du kleiner Schisser!«

Und schon begrüsst mich ein vielstimmiges »Muh«. Allmählich überwinde ich meine Angst, richte mich zur vollen Grösse auf und kläffe, was das Zeug hält. Ich hoffe, damit Eindruck zu schinden. Doch die Viecher stehen weiter unbeeindruckt und glotzend da und kauen ununterbrochen auf ihren Kaugummis herum. Bin überrascht, dass die so ein Zeug überhaupt mögen. Im Verlaufe des Tages nehme ich meinen ganzen Mut zusammen und lasse mich furchtlos (!) in ihrer Nähe nieder. Allerdings bin ich saumässig froh, dass zwischen mir und den Rindviechern ein Zaun ist!

Am anderen Morgen, in aller Herrgottsfrühe, brechen wir zu einer Bergtour auf. Hans und ich kraxeln zwischen hohen Felsen herum, marschieren an plätschernden Bergbächen vorbei und stapfen über Weiden, die übersät mit Kuhfladen sind, in Richtung Berggipfel. Kuhfladen sind übrigens das schlimmste Ärgernis der Wandervögel, Gipfelstürmer oder Hundehalter. Tritt ein »sogenannter« Berg- und Naturfreund mit seinen blank polierten Wanderstiefeln mitten in die Kuhscheisse, hört man seine unflätigen Flüche durch ein hundertfaches Echo über das ganze Tal hinweg. So viel zur idyllischen und heilen Bergwelt! Mich hingegen stören diese Kuhfladen, Alpentörtchen oder Tretminen, wie sie auch genannt werden, überhaupt nicht. Ich würde liebend gerne meine Nase darin vergraben, davon naschen oder mich sogar darin wälzen. Hans lässt mich aber keine Sekunde aus den Augen. Und das ist wortwörtlich Scheisse! Überlege fieberhaft, wie ich ihn überlisten kann. Doch er lässt sich nicht für dumm verkaufen und meine ganzen

Ablenkungsmanöver sind für die Katz, pardon, für die Kuh! Doch weil sein Augenmerk nur auf mich gerichtet ist, tritt er dann selber mitten in einen Kuhfladen. Was ihn dermassen ärgert, dass er vor Wut eine feuerrote Birne bekommt. Wenigstens lässt er das Fluchen. Ich hingegen kann mir ein hämisches Grinsen nicht verkneifen!

Teilweise darf ich auf dieser Bergtour sogar ohne Leine laufen und ich geniesse diese uneingeschränkte Freiheit in vollen Zügen. Kurz vor dem Gipfel nimmt meine exzellente Spürnase unvermittelt den Geruch eines undefinierbaren »Etwas« auf. Diesem verlockenden Duft kann ich nicht widerstehen! Und so sause ich den Hang hoch, ohne mich nur ein einziges Mal umzusehen, ob Hans mit mir mithalten kann. Kann er natürlich nicht! Und so komme ich als Erster auf dem Gipfel an. Dort liegt ein – wie auf einem Präsentierteller – vor sich hingammelnder Knochen. Und wie der riecht, einfach köstlich! Ich kaue voller Hingabe auf der Delikatesse herum und verdrehe vor purer Wonne die Augen. Nach einer halben Ewigkeit kommt dann auch Hans, ausser Puste und mit heraushängender Zunge, endlich oben an. Zunächst steht er gebeugt da, japst laut nach Luft und kotzt dazu fast seine Lunge aus. Und trotz alledem bekommt er gerade noch mit, wie das letzte Stück Knochen in meinem Rachen verschwindet. Und dann gibt's – Mann, oh Mann – Schelte.

»Bobby, spinnst du? Du darfst nicht einfach alles fressen, was herumliegt. Es könnte vergiftet sein, du saublöder Hund, du!«

Hans ist stinkwütend. Daraufhin übermannen mich Schuldgefühle. Also schaue ich Hans mit treuherzigen Augen an, die um Verzeihung flehen. Dabei vergesse ich nicht, schuldbewusst den Kopf hängen zu lassen und den Schwanz auf Halbmast zu senken. Ich weiss nämlich, was für ein jammervolles Bild ich damit abgebe, und dass ich dadurch auf seine Tränendrüsen drücke. Und er schmilzt augenblicklich dahin! Strategie aufgegangen. Ziel erreicht! Weil er mich dermassen zusammengestaucht hat, plagt ihn vermutlich für den Rest des Tages das schlechte Gewissen, denn er gibt mir am Abend etwas von seiner leckeren »Butterrösti« ab. Allerdings beschert mir die Butter dann einen argen Dünnpfiff! Aber lecker war sie allemal! Allzu schnell ist das Wochenende, wo wir Mannsbilder ganz unter uns waren, vorbei, und wir kehren heim zu Rosa, seiner besseren Hälfte. Dieser Ausdruck stammt nicht etwa von mir, sondern von Hans!

Heute kommt der Enkelsohn von Hans und Rosa auf Besuch und darum herrscht grosse Aufregung. Ich mag Kinder. Mit denen lässt sich herrlich spielen. Und deshalb kann ich es kaum erwarten. Doch Hans redet mir zuvor ins Gewissen. Ich soll mich gefälligst etwas zurückhalten, da sein Enkel vor allen Vierbeinern, insbesondere aber vor Hunden, Angst hat. Aha, ein kleiner Hosenscheisser! Und nun steht er vor mir und ich weiss nicht, heult er gleich los oder pisst er sich gleich voll. Nein, er geht sicherheitshalber hinter Omis Rücken in Deckung. Also reisse ich mich nun notgedrungen am Riemen und stelle mein Temperament während seines Besuches hintan. Ich bin so etwas von rücksichtsvoll, dass ich die ganze Zeit nicht ein einziges Mal an dem kleinen Schisser hochspringe oder ihn auch nur anstupse. Er könnte ja hinfallen. Obwohl dies wahrscheinlich nix machen würde, weil sein Po dick mit Windeln gepolstert ist. Wir kommen uns dann doch noch etwas näher. Dies, als der kleine Kerl herausfindet, wo meine Leckerlis aufbewahrt werden. Von da an geht er ab und zu auf wackeligen O-Beinchen zum Schrank, holt ein Leckerli heraus und reicht es mir mit seinen Patschhändchen. Da lasse ich mich nie zwei Mal bitten! Spätestens jetzt sind wir sogar so etwas wie Busenfreunde oder Blutsbrüder! Trotzdem bin ich dann nicht traurig, als ihn seine Eltern wieder abholen. Erstens habe ich nun wieder die volle Aufmerksamkeit von Hans und Rosa und zweitens muss ich mich nicht mehr in vornehmer Zurückhaltung üben. Und Rosa kann sich nun wieder mehr um den Haushalt kümmern. Er hat es nämlich nötig. Denn wegen mir muss sie häufiger mit dem »lauten Gerät« durch die Wohnung düsen, um meine Haare – die ich überall grosszügig verteile – zu eliminieren. Aber wahrscheinlich macht ihr dies nichts aus, weil sie mich ja lieb hat. Mehr macht ihr vermutlich zu schaffen, dass der gute Hans – wenn er im Haushalt mithelfen soll – sich jedes Mal in Luft auflöst. Geradezu unauffindbar ist er dann!

Soeben ist mir das gleiche, dumme Missgeschick mit meinem Stoffball wie zu Hause, als meine Patentante auf Besuch war, passiert. Einmal mehr habe ich beim wilden Spiel alles um mich herum vergessen und den Ball auf den Tisch katapultiert. Meine Menschen kennen mittlerweile meinen Überschwang und versuchen, damit zu leben. Aber Hans und Rosa müssen sich erst noch daran gewöhnen. Wenigstens steht das Essen noch nicht auf dem Tisch. Aber eine Gabel und ein Löffel segeln allemal durch die Luft und fallen zu Boden. Nicht auszudenken, wenn der kleine Bub noch hier wäre und nun die Gabel in seinem Fuss stecken würde! Hans schimpft gottlob nicht. Und die bessere Hälfte hüllt sich notgedrungen in Schweigen, weil Hans ihr einen Blick zuwirft, der ihr kundtut: »Halt dich da raus.« Wahrscheinlich hätte Rosa schon gerne ihren Senf dazu abgeben, aber für dieses eine Mal behält er die Oberhand. Bravo! Übrigens seit dem unseligen Zwischenfall mit der Erdbeercreme und den Spritzern auf dem Kleid meiner Patentante, schliesst Frauchen nun immer alles Spielzeug weg, wenn Besuch kommt. Verdammt! Einmal hörte ich, wie sie sagte: »Wenn der doofe Hund nicht weiss, wohin er seinen Ball schmeissen soll, ist die Sache für ihn gegessen. Künftig spielt er damit nur noch draussen oder wenn wir alleine sind.«

An dieser Stelle möchte ich in aller Deutlichkeit betonen, dass ich übrigens kein doofer, sondern nur ein verspielter Hund bin. Wuff!

Zu »meinem« Leidwesen legen Hans und Rosa ebenfalls Wert auf einen gut erzogenen Hund. Und so muss ich auch hier noch das eine oder andere lernen. Statt mitten auf der Strasse oder dem Trottoir, kacke ich nun – so wie sie es mir beigebracht haben – generell nur noch am Wegrand oder noch lieber auf einer Wiese. Und danach scharre ich mit den Hinterläufen wie verrückt, sodass Grasbüschel und Erdklumpen nur so herumfliegen. Und heute – als Hans sich bückte, um meine Hinterlassenschaft aufzuklauben – flog ihm ein Erdklumpen mitten ins Auge. Blöd gegangen! Dass er dann lästerlich fluchte, weil danach sein Auge fürchterlich tränte, brauche ich wohl kaum zu erwähnen. Rosa verarztete ihn. Dabei brach Hans, das gestandene Mannsbild, in ein beschämendes und wehleidiges Geheul aus. So viel zum starken Geschlecht! Schämte mich fast ein wenig für ihn. Hans hatte dann noch einige Tage lang ein blutrotes Auge und sah damit wie ein Vampir aus. Da er eitel ist, trug er praktisch Tag und Nacht eine Sonnenbrille, was ich ulkig fand!

Wie bei Herrchen, versuche ich jeden Morgen auch zu Hans ins Bett zu klettern. Doch er schubst mich jedes Mal herunter, wodurch ich unsanft auf den Boden plumpse! Er findet dies nämlich total unhygienisch (was auch immer das bedeutet). Herrchen »würde« es eigentlich mögen, aber die Chefin ist strikt dagegen, weil sie keine Hundehaare auf den Laken mag. Nun gehört dies wohl – dank Hans – auch der Vergangenheit an. Denn ich habe keine Lust, künftig auch von Herrchen mit einem Tritt aus dem Bett befördert zu werden. Nur bei einer Sache hat die Erziehung von Hans oder Rosa auch versagt! Ich mampfe nach wie vor alles, was ich beim Gassigehen aufspüre.

Je stinkiger, desto besser! Und weiter liebe ich es nach wie vor, mich gegebenenfalls darin zu wälzen. Ich bin geradezu süchtig danach. Doch zum Wälzen komme ich praktisch nie. Denn ich werde meistens vorher an der Leine zurückgerissen. Lauere nun auf eine günstige Gelegenheit, wo Hans, oder besser gesagt, wo Hansdampf in allen Gassen mit irgendeiner Landpomeranze am Flirten ist und mich dabei völlig vergisst. Und dann schlägt meine Stunde!

Hans vertritt die Meinung, dass Hund – wenn er gehorcht – nicht ständig belohnt werden muss. So kann ich noch so folgsam sein und dazu noch so niedlich Männchen oder Häschenstellung machen, es gibt nichts, niente, nada! Aus Frust streckte ich ihm oft hinterrücks die Zunge heraus. Wäre ich ein Mensch, dann würde ich ihm den Stinkefinger zeigen. Dabei steht in jedem Hunderatgeber, auch in dem von Rütter (Sie erinnern sich? Der Schwarm von Frauchen!), dass Erziehung nur über Belohnung zum Erfolg führt. Hans liest entweder keine Bücher oder er ist ein totaler Ignorant. Seufz! Wenn Rosa und ich allerdings alleine unterwegs sind, hält sie sich überhaupt nicht an die Regel ihres holden Gatten. Im Gegenteil, sie geht total grosszügig, wenn nicht sogar verschwenderisch, mit den Leckerlis um. Und so macht Gehorchen wieder echt Spass.

Während meines Aufenthaltes bei Hans und Rosa mochte ich vor allem den letzten Spaziergang vor dem Schlafengehen. Ich hatte jeweils meine helle Freude daran. Vor allem darum, weil ich dann jeden Scheiss, der am Wegrand lag, ungehindert fressen konnte. Die beiden sind entweder total nachtblind oder der Mond und die Sterne strahlten zu wenig hell, weil sie nämlich nie etwas davon mitbekamen. Und natürlich musste ich beim letzten Gassigehen des Tages nochmals ein grosses Geschäft verrichten. Und deswegen kam wohl nie – trotz funkelndem

Sternendach – zwischen Hans und Rosa auch nur ein Hauch von Romantik auf, weil Hans »meinen« stinkenden (für mich allerdings köstlich riechenden) Kackebeutel mittragen musste und Rosa deshalb auf Abstand ging. Dabei hielt sie sich demonstrativ die Nase zu und machte dazu erst noch ein angewidertes Gesicht. Ich hingegen war jeden Abend unverdrossen romantisch gestimmt und hätte gegen ein Rendezvous mit einer süssen Hundedame nichts einzuwenden gehabt. Auf jeden Fall würde ich mir ein romantisches Tête-à-Tête weder durch einen Kackebeutel noch durch sonst etwas vermiesen lassen. Aber ich bin halt nur ein Hund!

Wieder daheim

Meine Menschen sind braungebrannt und bestimmt mit einigen Kilos mehr auf den Rippen vom Urlaub zurück. Unverzüglich holen sie mich bei Hans und Rosa ab. Obwohl ich heilfroh bin, dass meine Menschen zurück sind, ist mir der Abschied verdammt schwer gefallen. Daheim liege ich nun, gepeinigt von Abschiedsschmerz, nur lustlos und apathisch herum. Ich habe den sogenannten Blues! Frauchen gibt sich grosse Mühe, mich aufzuheitern, indem sie mit mir Balli spielen will. Ich habe jedoch keinen Bock darauf und suhle mich in Selbstmitleid. Herrchen kümmert es nicht, ob ich wie »ein Hund« leide. Hauptsache, seine Ferien waren schön! Mit Gefühlsdingen hat er's eh nicht so. Deshalb schüttelt er ob meinem Weltschmerz nur ungläubig den Kopf. Frauchen legt sich dann zu mir auf den Boden und versucht mich zu trösten, indem sie mich zärtlich an sich drückt und mich dabei streichelt und mir gleichzeitig ins Ohr flüstert: »Ich weiss, wie du dich fühlst, Bobby. Abschiede tun halt manchmal weh, aber da musst du durch.«

Könnte ich weinen, ich hätte losgeheult! Es war halt schlicht und ergreifend eine schöne Zeit bei Hans und Rosa. Und da sie mich gernhaben, taten sie natürlich – wie schon erwähnt – fast alles für mich. Was ich dementsprechend – bis weiter geht nicht mehr – ausgenutzt habe. Bei meinen Menschen herrschen nun wieder andere Sitten und Bräuche. Vor allem bei Frauchen!

Den Abschiedsschmerz von den beiden habe ich dann schlussendlich ziemlich rasch überwunden. Und so bin ich nun wieder rundum glücklich bei meinen Menschen. Halte nach wie vor Frauchen und Herrchen auf Trab. Das Wetter ist im Moment sommerlich heiss und so bin ich meistens den ganzen Tag im Garten oder auf der Terrasse. Wenn es gegen Abend kühler wird, gehen meine Menschen mit mir zu meinem Lieblingsweg, der von Bäumen gesäumt im Schatten liegt. Dort darf ich dann ungehemmt mit meinem Balli spielen, solange ich will und mag! Manchmal renne ich einfach nur wie ein wildgewordener Esel im Kreis herum. Drehe Runde um Runde. Dabei wird meinen Menschen schon schwindlig vom Zusehen. Während meines unbändigen Herumtollens habe ich gar nicht bemerkt, dass sich mir ein Boxer nähert. Sein Herrchen ruft ihn zurück, aber er hört überhaupt nicht hin. Er will mich unbedingt zu einem Wettrennen herausfordern. Kann er gerne haben. Ich nehme eh jede Herausforderung an und lasse mich nie zwei Mal bitten. Und dann sausen wir wortwörtlich los. Windhunderennen kann man künftig abhaken. Zuerst versucht der Boxer mich noch zu fighten, indem er mich seitlich wegschubsen will. Doch er hat keine Chance! Ich schlage ein paar Haken und renne einfach an ihm vorbei und davon. Und so sprinte ich mit riesigem Vorsprung durchs imaginäre Ziel und ebenso schnell wieder zurück zu meinen Menschen. Als

Rambo (!) endlich daherkommt, wälze ich mich bereits selig im frisch gemähten Gras. Die Enttäuschung steht ihm ins faltige Gesicht geschrieben. Und unappetitlicher Sabber hängt seitlich aus seinen Lefzen. Und er japst nach Luft, genauso wie damals der schon in die Jahre gekommene Hans, als er endlich auf dem Berg bei der Hütte ankam.

Übrigens traf ich letzthin auf einem Spaziergang eine blutjunge, niedliche Chihuahua-Dame namens Leila. Auch sie wollte unbedingt mit mir ein Wettrennen veranstalten. Als sie auf ihren dürren Beinchen losschoss, hielt ich mich zuerst ganz gentlemanlike zurück. Doch dann sprintete ich ihr in hohen, eleganten Sprüngen wie eine anmutige Gazelle hinterher. Hielt mich aber immer noch aus Fairness etwas zurück. Ratet mal, wer auch hier als Sieger hervorging? Ich selbstverständlich! Nachher war ich allerdings so ausser Puste, dass ich mich hinlegen musste! Und zu meiner Schande muss ich gestehen, dass meine Zunge wie ein nasser Lappen aus meiner Schnauze hing und fast bis zum Boden reichte. Kam mir dabei vor, wie ein Marathonläufer, der die Ziellinie nur noch kriechend überwindet, dann vornüberkippt und halb tot liegen bleibt. So lag ich nun also erschöpft da, hechelte vor mich hin, gab fast den Geist auf und was machten meine Leute? Sie lachten sich ob meines Anblickes halb kaputt und amüsierten sich königlich. Einen tollen Humor haben die zwei! Das Wort Mitgefühl scheint für sie ein Fremdwort zu sein.

Heute traf ich beim Gassigehen Dackel Henry. Meistens dackelt er treudoof und gemütlich neben seinem Herrchen einher, beschnuppert mich kurz und das war's. Er will übrigens nie mit mir herumrennen. Wie denn auch? Mit seinen kurzen X-Beinchen kann der ja gar nicht richtig rennen. Danach traf ich Lotti, meine Stalkerin. Beinahe jeden Tag begegne ich ihr und darum keimt in mir schon lange der Verdacht, dass sie mich tatsächlich stalkt. Lotti und ihr Frauchen kommen nämlich immer genau dort angeschlurft, wo ich gerade langgehe. Wenn jemand das Schlurfen erfunden hat, sind es übrigens die beiden. Geradezu im Zeitlupentempo bewegen sie sich. Kein Wunder, ist Lotti dick und ihre Chefin nicht minder. Kaum erblickt mich Lotti, bleibt sie stehen und glotzt mir unverwandt entgegen. Doch seit meinem Schulbesuch meide ich tunlichst Beagle-Damen. Die gehen mir echt auf den Geist. So auch diese! Ich will nämlich während des Spielens nicht wieder von spitzen Zähnen in die Flanken gekniffen werden. Darum möchte ich – wenn die beiden als kleiner Punkt am Horizont auftauchen – am liebsten eine Kehrtwende machen. Doch das lässt Frauchen nicht zu. Sie ist der Meinung, dass ich mich der Situation »wie ein Mann« stellen soll. Und das tue ich dann auch. Sobald wir auf gleicher Höhe sind, laufe ich »feige« in einem riesigen Bogen um Lotti herum und würdige sie keines Blickes. Die schaut mir dann total ungläubig und entgeistert hinterher. Bockig, wie Beagles anscheinend nun mal sind, will sie einfach nicht begreifen, dass ich null Interesse an ihr habe. Deshalb zeige ich ihr ja auch unmissverständlich bei jedem »zufälligen« Treffen die kalte Schulter!

Ich darf mit!

Langsam naht der Herbst und die ersten Blätter fallen bereits von den Bäumen. An dieser Jahreszeit mag ich besonders das Rascheln der Blätter, wenn ich durch das heruntergefallene Laub renne. Aber noch mehr mag ich, mich in einem der Laubhaufen einzubuddeln, weil es darin so herrlich moderig duftet! Und wenn ich dann wie Phönix aus der griechischen Mythologie nicht aus der Asche, sondern aus dem Blätterhaufen entsteige, bin ich voller Laub und nasser Erde. Dann ist Frauchen »not amused«! Um mir keinen Ärger einzuhandeln, schüttle ich mich dann kräftig durch, so dass Laub und Erde sowie allfälliges Ungeziefer, welches sich auf meinem Rücken hinterhältig eingenistet hat, durch die Gegend fliegen. Danach stehe ich wieder in voller Pracht, nämlich makellos sauber, da. Ab und zu jage ich Eichhörnchen hinterher, die gerade dabei sind, sich einen Wintervorrat anzuschaffen, um ihn danach zu verstecken. Natürlich habe ich keine Chance. Die kleinen Fellknäuel mit ihren buschigen Schwänzen sind rasend schnell und klettern behände die Bäume hoch, so dass ich nur das Nachsehen habe. Leider kann ich ihnen nicht nachklettern. Habe es versucht, aber wahrscheinlich liegt es an meinem Schwanz, der weit davon entfernt ist, so buschig zu sein, um damit beim Klettern die Balance zu halten!

Hatte eine unruhige Nacht. Denn in meinen Träumen kletterte ich doch tatsächlich Eichhörnchen hinterher, die mich – oh Gott – nur verspotteten und mich sogar mit Haselnüssen bewarfen. Trotzdem bin ich einigermassen ausgeruht und stehe voller Tatendrang auf. Gähne zuerst lauthals und strecke mich dazu ausgiebig. Dann begrüsse ich Herrchen und freue mich auf einen stinknormalen Tag, den ich wie immer mit Fressen, Spielen, Gassigehen und Scheinangriffen auf Vögel oder seit neustem auf Eichhörnchen verbringen werde. Aber nichts davon erfüllt sich! Denn bald herrscht in unseren vier Wänden emsiges Treiben. Herrchen schleppt zwei grosse »Ungetüme« aus dem Keller hoch. Frauchen durchwühlt hektisch die Schränke und murmelt dazu haareraufend, was soll ich bloss einpacken? Wollen meine Menschen schon wieder verreisen? Und etwa schon wieder ohne mich? Schlagartig erfasst mich das nackte Grauen. Aber ich bemerke, dass Frauchen zuallererst meine Siebensachen in einer Tasche mit Katzensujets (das darf nicht wahr sein) verstaut. Huch, also Entwarnung! Selbst meine Haarbürste muss mit! Haare bürsten mag ich eigentlich nicht so richtig, weil es manchmal ordentlich zupft. Aber darauf wird keine Rücksicht genommen. Herrchen kümmert sich derweil um gar nichts! Er macht seelenruhig Kreuzworträtsel. Frauchen raunzt ihn deswegen an: »Packe doch endlich deinen Koffer.«

»Die paar Klamotten habe ich dann noch schnell beieinander«, so seine Antwort.

»Ja, darum hattest du auch schon weder Schlafanzug, T-Shirts noch Unterhosen im Urlaub dabei!«

Na ja, wenn das tatsächlich stimmt, kann ich schon verstehen, wieso Frauchen ein wenig genervt ist. Herrchen wochenlang mit den gleichen Unterhosen! Igitt!!! Die T-Shirts hatte er doch glatt vergessen, als sie in einem heissen Land Badeferien machten. Frauchen erzählte mir, dass er dann vor Ort einige kaufen musste. Dort gab es aber nur welche in schrillen Farben, Mustern und in XXL-Grösse! Und Herrchen hätte damit zum Schreien ausgesehen. Auch ich bin ihr beim Packen nicht unbedingt eine grosse Hilfe. Denn die Spielsachen, die schon in der Tasche sind, klaube ich wieder heraus. Das kommt bei der eh schon gestressten Chefin gar nicht gut an.

»Bobbyyy, lass das«, schimpft sie.

Also gut, dann stehe ich ihr halt ab jetzt zwischen den Füssen. Also muss sie einmal mehr höllisch aufpassen, dass sie nicht über mich stolpert und zu Fall kommt. Ich überwache sie mit Argusaugen, weil ich sehen will, ob sie ja nicht mein Futter vergisst! Hund weiss ja nicht, ob Frauchen plötzlich auch an Vergesslichkeit leidet, wie gewisse andere Personen in unserem Haushalt. Gut, die Haarbürste hätte sie ruhig vergessen können.

Überraschend bekomme ich vor der Abfahrt ein Wursträdchen. Hätte mir eigentlich denken können, dass im »Staate Dänemark« etwas faul ist. Und tatsächlich, so ist es! Ich kaue voller Freude auf der Wurst herum und »Ups« spüre ich einen kleinen, runden Gegenstand, der bitter schmeckt. Das Wursträdchen fresse ich, aber das runde Ding spucke ich aus und zwar mitten auf den Küchenboden. Pfui Teufel!

»Bobby, sei artig und friss die Tablette, dann wird dir nicht schlecht beim Autofahren«, sagt Herrchen.

Und daraufhin reicht er mir erneut ein Stück Wurst, in dem die Tablette wiederum – in Anführungs- und Schlusszeichen – versteckt ist. Wenn das so ist, mampfe ich halt die vermaledeite Tablette. Tatsächlich kann ich dann die Fahrt gen Italien, unserem Urlaubsziel, ganz relaxt geniessen. Und nun ist auch das Rätsel gelöst, wieso Frauchen mit mir Maulkorb-Tragen übte. In Italien ist das nämlich Pflicht. Als ich den doofen Maulkorb das erste Mal anprobieren musste, bin ich damit wie ein durchgegangenes Pony durchs Wohnzimmer getrabt. Oder ich stand wie ein störrischer Esel mit abgewandtem Kopf da, dass Frauchen ihre liebe Mühe hatte, ihn mir überhaupt anzulegen. Ich hasse dieses Ding inbrünstig! Gottlob musste ich ihn dann den ganzen Urlaub über nie anziehen. Aber das wusste ich auf der Fahrt dorthin ja noch nicht. Also sah ich Italien mit bangem Gefühl entgegen. Aber nun zurück zur Reise. Alle zwei Stunden machen wir eine kurze Pause, damit ich pissen respektive meine Duftmarke auf den Raststätten hinterlassen kann. Für Nicht-Hundekenner sei hier nochmals explizit erwähnt, dass ich durch Beinheben kleine Nachrichten für Artgenossen hinterlasse. Leider bin ich auf der Durchreise und weiss nun nicht, ob und was sie mir darauf geantwortet haben. Die Menschen machen es übrigens ganz ähnlich, nur eben mit dem Handy. Und sie tun es stets und überall! Sei es während dem Autofahren, dem Essen, im Bett und sogar auf dem Klo (!). Frauchen hat eine Bekannte, der sind schon zwei Handys in die Kloschüssel gefallen. Beide waren natürlich hinüber!

Und weiter geht die Reise. Irgendwo werden wir samt Auto auf eine Eisenbahn verladen. Diese schaukelt uns gemächlich immer näher unserem Ziel entgegen. Auch diese Hürde hat mein Magen unbeschadet überstanden. Dann geht es wieder auf der Strasse weiter und nach etwa fünf Stunden habe ich langsam die Schnauze gestrichen voll! Mein Magen knurrt vor Hunger und mir ist dadurch ganz elend. Habe ja seit den Wursträdchen nichts mehr zwischen die Beisserchen bekommen. Nicht das kleinste Leckerli gab's auf der ganzen, langen Fahrt. Meine gute Laune ist dahin. Wuff! Wuff! Meine Menschen hingegen tranken unterwegs Kaffee und mampften dazu feine Nussgipfel. Und ich bekam natürlich nichts ab, nicht den kleinsten Krumen! Schon bald sind wir im Hotel, sagt Herrchen irgendwann zu Frauchen. Hotel? Verstehe nur Bahnhof! Aber egal, Hauptsache, die Reise ist endlich vorbei.

Vor einem grossen, imposanten Haus hält Herrchen dann endlich an. Eine in die Jahre gekommene Dame steht vor dem Eingang und heisst uns willkommen. Gleichzeitig wird unser Gepäck von wildfremden Menschen ausgeladen. Misstrauisch schaue ich, ob sie nicht etwa meine Tasche klauen. Sollten sie sich jedoch am Gepäck meiner Menschen vergreifen, wäre mir dies herzlich egal. Während Herrchen das Auto in die Garage fährt, werden Frauchen und ich von der Dame aufs Zimmer geleitet. Was heisst Zimmer? Es ist eine Luxussuite, die aus mehreren Räumen besteht!

»Bobby, für dich ist nichts gut genug!«, sagt Frauchen.

So eine Schleimscheisserin! Glaubt sie etwa, mich damit über die lange Reise trösten zu können? Zum ersten Mal berühren meine Pfoten nun einen Teppichboden. Es fühlt sich himmlisch weich an. Ich begutachte danach alle Räume und schnüffle intensiv an den Möbeln. Nach Abschluss meiner Schnüffelorgie, lasse ich mich dann in meinem ebenfalls mitgereisten Körbchen nieder und geniesse das aufkommende

Urlaubsgefühl. Und nun bekomme ich endlich mein Futter. Wurde auch langsam Zeit. Ich verschlinge es mit Heisshunger! Jetzt ist die Welt wieder in Ordnung. Einen Minuspunkt an der Luxussuite findet mein geübtes Hundeauge aber doch noch. Die Suite hat einen Balkon mit gemauerter Balustrade. Zu Hause kann ich durch die Glasscheiben der Terrasse auf die Strasse gucken, meine Neugierde stillen oder je nach Lust, böser Wachhund spielen. Hier kann ich weder das eine noch das andere. Schlicht, ich stehe vor einer Mauer und sehe nix! Aber ich weiss mir zu helfen. Wenn meine Leute auf dem Balkon sind und die tolle Landschaft geniessen, stelle ich mich neben sie, stehe dann auf den Hinterbeinen und stütze meine Vorderpfoten an der Balkonmauer ab. Hallooo, ich möchte auch gucken! Da meine Besitzer eher zur Gattung der intelligenten Spezies gehören, deuten sie meinen fordernden Blick sowie meine Körperhaltung auf Anhieb richtig. Sie heben mich dann hoch, damit ich mich ebenfalls an der schönen Umgebung erfreuen kann. Mich interessiert die Umgebung aber keinen Deut. Ich will nur gucken, ob fesche Hündinnen oder ernstzunehmende Rivalen in Sichtweite sind. Aber das brauchen die zwei ja nicht unbedingt zu wissen!

»Jööö, ist der süss«, tönt es von der Liegewiese hoch, als mich ein Hotelgast sieht. Frauchen ist total stolz, Herrchen nicht minder! Und ich denke, oh Schreck, ein Indianer! Nein, natürlich nicht! Es ist lediglich ein Zweibeiner, der zu lange an der Sonne gebrutzelt hat.

Der erste Abend im Hotel. Meine Menschen brezeln sich – bis weiter geht nicht mehr – auf! Heisst, sie werfen sich in Schale.

»Bobby, wir gehen nun jeden Morgen und Abend zum Essen weg und du bleibst derweil auf dem Zimmer«, sagt Frauchen.

Dies stimmt mich nicht gerade euphorisch, da ich so meine Mühe mit dem Alleinbleiben an einem fremden Ort habe. Aber da muss ich anscheinend durch! Widerstand zwecklos. Bevor meine Menschen jeweils weggehen, gucke ich sie todtraurig an, damit sie ein schlechtes Gewissen bekommen. Und damit ergattere ich – als kleinen Trost – immer ein feines Leckerli. Kaum haben sie die Türe hinter sich zugemacht, döse ich – mit feinem Leckerli im Bauch – selig ein und überbrücke so die Wartezeit. Irgendwann kommt Herrchen, der mittlerweile eine vollgefressene Wampe hat, aufs Zimmer, um mich zu holen.

Jeden Abend sitzen die Gäste draussen, um gemütlich einen Schlummerbecher zu trinken und sich – je später der Abend – gegenseitig die Köpfe voll zu labern. Gähn! Derweil geniesse ich einfach nur das Zusammensein mit meinen Menschen. Und dementsprechend sind meine Lauscher meistens auf Durchzug eingestellt. Doch plötzlich sagt eine Dame zu mir: »Mei, oh mei, bist du herzig und schaust du lieb aus.«

Mein Ego schwillt prompt ins Unermessliche an und ich fühle mich wie Mister Schweiz nach der soeben erfolgten Krönung. Bin ja schlussendlich auch in einem Hotel, das einen königlichen Namen trägt. Doch besagter Namensträger, nämlich der Ludwig aus Bayern, soll allerdings ziemlich durchgeknallt gewesen sein und sich selbst ins Jenseits befördert haben!

Nachdem ich nun definitiv festgestellt habe, dass wir nicht in einem Indianer-Reservat sind, bin ich dann der irrigen Meinung, dass wir in einer Senioren-Residenz gelandet sind. Das sagt ja wohl alles, oder? Da meine Menschen auch keine Jungspunde mehr sind, passen die beiden allerdings prima hierher. Ich bin mit Abstand der jüngste Gast in diesem ehrenwerten Haus! Und darum muss ich wegen meines jugendlichen Alters jeden Abend relativ früh in die Heia. Laufe ich dann gähnend und hundemüde an den Hotelgästen vorbei, tönt es aus allen Ecken: »Gute Nacht Bobby, schlaf gut, Bobby, träum von leckeren Knochen, Bobby.« Ob meine Menschen auch gut schlafen, kümmert hingegen keine Sau! Keine Frage, ich bin der Star des Hotels. Ein sogenannter VIP!

Meine erste Nacht in einem Hotel ist vorüber. Früh morgens um sieben blase ich zur Tagwacht. Also nix da mit länger schlafen im Urlaub! Meine Menschen stöhnen, doch sie stehen wohl oder übel auf. Ich renne derweil schon hellwach mit dem Balli herum. Mit Galgenhumor sagt Frauchen: »So hat man wenigstens etwas vom Tag.«

Dadurch gehen wir nämlich fast jeden Morgen schon vor zehn Uhr aus dem Haus. Zu Fuss, das versteht sich ja wohl von selbst! Manchmal fahren wir mit einem Bus, mit der Eisenbahn oder sogar mit einem Taxi. Wir lassen uns irgendwohin chauffieren und laufen dann von dort frohen Mutes, mit einem Wanderlied auf den Lippen, zurück zum Hotel. Natürlich nicht! Das glaubt mir eh kein Mensch! Zudem können weder Frauchen noch Herrchen richtig singen. Herrchen singt – wie schon erzählt – vor allem laut und falsch und Frauchen hat sich mal im Jodeln versucht, aber mehr als ein atonales Krächzen brachte sie nicht zustande.

Ich bin nun bereits ein sehr erprobter und erfahrener ÖV-Benützer. Heute sind wir wieder einmal mehr mit dem Bus unterwegs. Der Bus ist proppenvoll, aber Frauchen erobert – indem sie mit den Ellbogen alle Passagiere anrempelt – einen Sitzplatz. Sie nimmt mich dann auf ihren Schoss, weil die Gefahr besteht, dass ich ansonsten zwischen den vielen Wanderstiefeln zermalmt werde. Danke, liebe Wandervögel. Es ist nämlich himmlisch, auf ihrem Schoss zu sitzen. Ich lege meinen Kopf auf ihre Schulter, schliesse selig die Augen und lasse mich treiben. Und dann sagt eine fesche Maid im prall gefüllten Dirndl, die gegenüber sitzt, zu ihrem Begleiter in ulkiger Lederhose: »Guck mal, wie ein Baby! Süüüss!« Ich bin mir sicher, in diesem Moment kommen bei Frauchen zum ersten Mal mütterliche Gefühle auf. Wetten, dass …

Eigentlich wollen wir nur eine Woche im Südtirol bleiben. Meine Menschen sind sich jedoch, weil hier noch sommerliche Temperaturen herrschen, schnell einig, die Ferien um eine weitere Woche zu verlängern. Und schon hat Frauchen ein Problem. Klamotten und Unterwäsche haben die beiden natürlich nur für eine Woche eingepackt. Wobei, bei Frauchen ist dies irrelevant. Sie nimmt nämlich immer so viele Kleider und Schuhe mit, als ob sie eine mehrmonatige Weltreise antreten würde. Auch wenn sie nur für ein paar Tage wegfährt! Herrchen ist da eher ein Minimalist. Doch bei der Unterwäsche wird es dann bei beiden eng. So muss Frauchen ab und zu ihre hauchdünnen, zarten Dessous und Herrchens Altmänner-Unterhosen, die auch schon bessere Tage gesehen haben, von Hand waschen. Ich schnappe derweil nach den Wassertropfen und den Seifenblasen, die durch das Badezimmer schweben oder schlittere wie auf einem Eisfeld auf dem nassen Fussboden herum. Das ist ein richtig cooler Zeitvertreib! Frauchen glaubt allen Ernstes, sie habe zu wenig Kleider dabei und bekommt regelrecht Panik. So kauft sie für sich vier T-Shirts und zwei Jeans sowie eine farbenfrohe (über Geschmack lässt sich bekanntlich streiten) Bluse mit passender Jacke dazu. Für Herrchen ersteht sie gerade mal »ein« (findet Hund da noch Worte) mickriges T-Shirt. Und dies auch noch im Ausverkauf! Ich bekomme natürlich auch etwas Neues, nämlich ein Balli und einen Kauknochen. Mille Grazie! Kleiderprobleme kommen bei mir gottlob erst gar nicht auf. Mein Regenmäntelchen hat Frauchen eingepackt. Und damit hat es sich. Doch viel wichtiger ist, dass mein Futter auch für die Verlängerungswoche reicht. Tut es!

Für mich ist hier das reinste Paradies. Noch nie habe ich so viele Bäume gesehen, wo ich meine Duftnote hinterlassen kann. Frauchen klärt mich auf, dass dies Apfelplantagen sind. Äpfel fress ich – wie der geneigte Leser weiss – für mein

Leben gern. Unter den Bäumen liegen viele kleine, jedoch unreife Äpfel. Welche Schande! Doch Herrchen belehrt mich, dass die Bauern die Äpfel ausdünnen, damit die am Baum verbleibenden umso grösser und schöner werden. Kluges Kerlchen, mein Chef! Der weiss immer alles – oder tut wenigstens so. Frauchen sagt daher oft, dass er der Besserwisser der Familie ist. Zurück zum üppigen Obstgarten. Jeden Baum beschnuppere ich also ausgiebig und hinterlasse Nachrichten für Artgenossen. Wenn mein Tank dann irgendwann leer ist und demzufolge kein Tröpfchen mehr kommt, hebe ich mein Bein einfach noch prophylaktisch. Meine Menschen üben sich derweil in Engelsgeduld. Frauchen hat mal gelesen: »Wer einen Hund hat, lernt geduldig zu sein.« Vielleicht hat sie's aber gar nicht gelesen, sondern der Rütter hat darüber im Fernsehen geschwafelt. Dem ist nichts weiter hinzuzufügen! Wir laufen auch an wunderschönen Waalwegen (die heissen wirklich so) entlang. Einmal findet Frauchen am Wegrand Walderdbeeren. Brüderlich teilt sie diese mit mir. Sie schmecken köstlich! Frauchen will Herrchen auch welche abgeben. Doch der lehnt mit der Begründung ab, dass er keine von Hunden vollgepisste Beeren esse. Dabei erhalten die Beeren erst dadurch die richtige Würze! Manchmal ist mein Chef schon ein totaler Miesepeter und Spassverderber! Wir spazieren auch durch Rebberge, welche es vor allem Herrchen angetan haben. Liebt er doch Trauben über alles, aber nur gepresst und in Flaschen abgefüllt! Darum kehren wir auf unseren Wanderungen öfters ein. Herrchen trinkt dann jeweils ein Viertel Roten, Frauchen einen Apfelsaft und ich Wasser! Einmal lag ich nach einer langen Wanderung ziemlich erledigt am Boden, da stellte mir ein Kellner den Wassernapf direkt vor die Nase, damit ich zum Schlappern gar nicht erst aufstehen musste. Der hatte wohl Mitleid mit mir. Nette Leute, diese Südtiroler oder Italiener, aber Letzteres hören sie nicht gerne!

Jeden Abend bekomme ich vor dem Schlafengehen zwei Betthupferl. Nämlich eines von Herrchen und eines von Frauchen. Dabei streicheln sie mir über den Kopf und wünschen mir eine gute Nacht und angenehme Hundeträume. Von Frauchen gibt's dazu immer noch ein Gutenachtküsschen. Auch in den Ferien wird dieses Ritual zelebriert. Heute haben wir wiederum eine lange, wirklich lange Wanderung gemacht und deshalb bin ich am Abend dermassen kaputt, dass ich nur noch meine Ruhe haben will. Nachdem Herrchen mir das Betthupferl gereicht hat, schlafe ich augenblicklich ein. Als Frauchen endlich – sie braucht immer etwas länger, bis sie abgeschminkt ist und danach alle Falten mildernden Cremes und Schönheitswässerchen aufgetragen hat – auch ins Bett kriechen will, geraten sich die zwei in die Haare. Auf jeden Fall diskutieren sie in einer Lautstärke, dass ich darob erwache und höre, wie Herrchen sagt: »Ich habe Bobby versprochen, dass er von dir das zweite Betthupferl noch bekommt.«

Darauf antwortet sie: »Glaubst du, der Hund kann sich am Morgen noch daran erinnern?«

Doch Herrchen bleibt standhaft, weil er mir sein Wort gegeben hat. Und so gibt Frauchen – weil sie endlich auch schlafen will – klein bei. Müde hebe ich meinen Kopf und fresse das zweite Betthupferl total lustlos. Normalerweise futtere ich für's Leben gern, doch heute Nacht will ich einfach nur ungestört schlafen, damit ich morgen wieder fit für neue Abenteuer bin. Gähn!

Am Freitagmorgen ist Markt in Meran. Frauchen will da »unbedingt« hin. Also stürzen wir uns in »ihr« Vergnügen. Zu Anfang ist es für mich und vor allem für meine Nase ein tolles Erlebnis. Riecht es doch nach rauchigem Tiroler Speck, saftigem Parmaschinken, würzigen Würsten, rezentem Käse, vollreifen Tomaten, getrockneten Pilzen, süssen Früchten, scharfem Knoblauch, tränentreibenden Zwiebeln und Schweissfüssen! Mein Riecher bekommt fast nicht genug von den verlockenden Düften. Doch bald sehe ich nur noch Beine, Beine und nochmals Beine! Habe gar nicht gewusst, dass es so viele hässliche gibt! Und so entschliesst sich Herrchen, mit mir am Rande des Marktes auf Frauchen zu warten. Somit kann sich die Chefin ungehindert ihrer Kauflust hingeben. Zufällig stehen wir ganz in der Nähe eines Wurststandes. Die Marktfrau sieht mich und fragt Herrchen: »Darf ich ihm etwas geben?«

»Ja, sehr gerne, wenn es nicht zu scharf ist«, antwortet er.

Und dann bekomme ich zwei Rädchen von einer himmlischen Wurst. Ich bedanke mich bei ihr mit einem verzückten Augenaufschlag und freudigem Schwanzwedeln und denke dabei: Bitte, bitte mehr! Herrchen guckt daraufhin die Marktfrau an und sagt: »Und ich?«

»Wenn Sie so lieb und süss wie Ihr Hund (damit bin ich gemeint!) ausschauen würden, bekämen Sie auch etwas«, antwortet sie süffisant.

Und damit hat es sich! Heisst, er geht leer aus und hat somit die Arschkarte gezogen! Nach einer gefühlten Ewigkeit hat Frauchen vom Einkaufen und dem Menschengetümmel genug. Sie kommt mit mehreren Einkaufstüten beladen daher. Unter anderem zeigt sie uns voller Stolz eine ihrer Neuanschaffungen und strahlt dabei übers ganze Gesicht. Eine Handtasche! Wen interessiert das überhaupt? Mann nicht, Hund schon gar nicht! Frauen und Handtaschen, das ist wohl ein Kapitel für sich. Und Frauen und Schuhe ebenfalls. Darüber können wir Kerle nur staunen.

Heute sind wir wieder – was auch sonst – am Wandern. Sehne mich allmählich nach Regen! Irgendwann ruhen sich meine Menschen auf einer Bank aus und erfreuen sich dabei an dem fantastischen Ausblick ins Tal hinunter und an den Rebbergen. Mich hingegen interessiert weder das eine noch das andere. Also schnüffle ich derweil lieber unter der Bank herum, in der

Hoffnung, etwas Fressbares zu finden. Frauchen hat dann die bescheuerte Idee, ein Selfie von uns dreien mit ihrem Handy zu machen. Sie will damit Urlaubsgrüsse an ihre Freunde schicken. Selfie machen ist im Moment voll im Trend. Um von uns ein schönes Foto zu schiessen, muss ich auf die Bank und mich zwischen meine Menschen setzen. Damit wird meine Schnüffelorgie abrupt beendet. Der Abfalleimer hätte sicher noch einiges hergegeben. Schade! So sitzen wir also da und geben uns grosse Mühe, adrett auszusehen und grinsen freundlich Richtung Handy. Frauchen macht, das heisst, sie versucht, ein Selfie zu machen. Doch das Ergebnis ist jedes Mal eine Katastrophe. Entweder hängt mir die Zunge unansehnlich aus der Schnauze oder ich schaue gerade in eine andere Richtung. Oder aber mein Kopf ist abgeschnitten. Und auf einem der Fotos, ist sogar nur meine Schwanzspitze zu sehen! Nach unzähligen Versuchen ist ihr dann anscheinend das perfekte Bild gelungen. Nun kann ich endlich wieder unter die Bank. Dort will ich unbedingt noch an einer Zigarettenkippe, die achtlos weggeworfen wurde, schnuppern. Den Duft von Nikotin mag ich nämlich sehr. Doch dann findet Frauchen, dass auf dem »sogenannt gelungen« Selfie ihre Runzeln um die Augen herum zu markant betont sind und ein Doppelkinn habe sie ansonsten auch nicht. Und die Falten am Hals seien sowieso ätzend! Herrchen kann es sich nicht verkneifen und sagt: »Fotos lügen nicht!«

Und das getraut sich der Dödel zu sagen, obwohl er genau weiss, dass Frauchen dann rot sieht. Dieser saublöde Spruch macht sie nämlich wütend, weil er von einem Kerl kommt, der auf praktisch allen Fotos die Augen geschlossen hat oder ein dermassen verkniffenes Gesicht macht, als ob er dringend mal aufs Klo müsste!

Dann geht die Knipserei wieder von vorne los. Nach gefühlten Stunden ist Frauchen endlich mit einem Selfie zufrieden, sodass es verschickt werden kann. Und was passiert? Es geht nicht! Entweder ist das Handy futsch oder Frauchen weiss nicht, wie man ein Selfie sendet! Und dann wird sie richtig furchtteufelswild und gebraucht Wörter wie »Scheissding« und solche, die ich hier lieber nicht wiedergeben möchte. Dem Herrn sei gedankt, denn nun ist das Selfie machen ein für alle Mal vom Tisch.

Frauchen ist übrigens eine leidenschaftliche Fotografin. Ohne Kamera geht in den Ferien oder auch sonst gar nichts. Und ich bin ihr auserkorenes Lieblingsmotiv. Sogenannt der fotogenste Hund auf dieser Erdkugel. Ich hingegen bezeichne mich eher als Opfer! Sie findet, dass die Kamera mich geradezu liebt, was sie von ihrem holden Gatten ja bekanntlich nicht sagen kann. Und so muss ich mich ständig und überall in Positur werfen. Und dann hagelt es Befehle: »Bobby, guck hiiiier, nimm die Zunge rein, halte endlich still und mach Platz.«

Manchmal werde ich davon ganz kirre im Kopf. Einmal laufen, während Frauchen fotografiert, wildfremde Menschen vorbei und meinen wohl, dass sie behilflich sein müssen, indem sie mit den Fingern und der Zunge Schnalzgeräusche machen, damit ich endlich in Frauchens Richtung blicke. Da ich aber bereits die Nase gestrichen voll habe, gibt mir dies den Rest. Kurz, die können mich alle am Arsch lecken! Ich drehe ihnen demonstrativ den Po zu und gleichzeitig stelle ich meine Schlappohren auf Durchzug. Ab und zu gelingt Frauchen ein wirklich gutes Foto von mir. Was ja eigentlich nicht weiter verwunderlich ist. Sie hat nämlich über längere Zeit als freischaffende Fotografin für ein Katzenmagazin (!) gearbeitet. Also sollte sie ja auch Hunde fotografieren können. Auf jeden Fall küsst sie mich nach jedem gelungenen Bild vor lauter Freude immer auf meine feuchte Nase und ich platze dabei schier vor Stolz. Bin nun gespannt, ob die Ferienfotos wirklich etwas taugen? Wahrscheinlich kann man die, wo Herrchen auch drauf ist, glatt vergessen! Denn er hat bestimmt auf den meisten Fotos die Augen zu oder hat gerade unästhetisch den Mund offen oder schneidet eine Grimasse!

Auch im Urlaub muss ich selbstverständlich mein grosses Geschäft regelmässig verrichten. Nur ist es so eine Sache mit dem Kacken im Südtirol. Zuhause stehen an Strassen und Wanderwegen entlang alle paar Meter Abfalleimer oder Robi Dogs. Doch hier hat man bereits unverschämtes Glück (fast wie ein Sechser im Lotto), wenn auf einer mehrstündigen Wanderung irgendwo ein Abfalleimer steht. Also müssen meine Menschen auf den meisten Wanderungen meinen Kackebeutel über mehrere Kilometer mittragen. Jupiii, da kommt jeweils Stimmung auf. Denn wenn der Beutel noch so hermetisch verschlossen ist, entweicht – hab ich ja schon erzählt – ein Fäkalien-Gestank. Was »angeblich« ein echter Romantikkiller sein soll! Übrigens sind in Südtirol an vielen Orten Schilder angebracht mit den mahnenden Worten »Halten Sie die Landschaft sauber«. Von wegen! Ja, wie denn, wenn es keine oder nur wenige Abfalleimer gibt. Darum liegt wohl auch viel Müll in »bella Italia« am Strassenrand. Für mich übrigens der reinste Fundus. Für meine Menschen das reinste Ärgernis.

Gähn! Bin heute etwas müde. Das hat auch seinen Grund. Früh morgens gingen in unserer Suite, wie von Geisterhand, alle Rollos gleichzeitig hoch. Meine Menschen sprangen vor Schreck aus ihren Betten und ich aus meinem Körbchen. Herrchen stand sogar kurz in Halbachtstellung da. Wahrscheinlich ein Überbleibsel aus seiner Militärzeit. Der Wecker zeigte drei Minuten nach fünf! Draussen war es immer noch dunkel. Nachdem sich Frauchen vom Schreck erholt hatte, liess sie die Rollos wieder runter und wir hüpften allesamt in unsere Betten zurück und versuchten, noch eine Mütze voll Schlaf zu kriegen. Doch bei mir funktionierte es nicht. Ich war nun hellwach. Also tollte ich mit meinem Balli herum. Jagte von einem Raum zum andern und fegte sogar noch durch das Badezimmer und das Klo. Dabei liess ich das Balli immer wieder fallen, weil darin ein Glöcklein ist, welches so schön bimmelt. Für meine Menschen ist dieses Geräusch jedoch nur nervtötend. Natürlich weiss ich das. Deswegen macht es ja auch Spass. Aber zu meiner Enttäuschung stellten sie sich taub. Wahrscheinlich hatten sie keinen Bock, in aller Herrgottsfrühe mit mir zu spielen. Irgendwann des Lärms überdrüssig, standen sie dann doch auf und vertrieben sich die Zeit bis zum Frühstück mit Lesen und Kreuzworträtsel lösen. Und ich musste weiter mit mir selber spielen, obwohl ich das extrem langweilig finde. Verflixt!

Als Herrchen und ich nach dem Frühstück die Besitzerin des Hotels antreffen, sagt sie zerknirscht: »'tschuldigung wegen der frühen Tagwacht. Hab heute Morgen das falsche Knöpfel gedrückt, nämlich das, wo alle Rollos im ganzen Haus automatisch hochgehen.«

Die Dame ist eindeutig reif für die Rente, wenn sie nicht mehr weiss, welcher Knopf, welche Funktion hat! Ein andermal hat sie Herrchen und mich übrigens glatt vergessen, als wir zum letzten Gassigehen nach draussen gingen. Sie sagte zu Herrchen, dass sie mit dem Verriegeln der Hoteltüre warten würde, bis wir zurückkommen. Wohlverstanden: Dies nicht etwa um Mitternacht, sondern um zweiundzwanzig Uhr! Als wir nach knapp zehn Minuten wieder da waren, war alles dunkel. Sie hatte uns ausgesperrt! Ob ihrer Vergesslichkeit ärgerte sich Herrchen grün und blau. Warum ist mir zwar schleierhaft. Er leidet ja auch ab und zu an dieser Krankheit. Gottlob kannte Herrchen einen Schleichweg über die Tiefgarage und so gelangten wir dann schlussendlich doch noch in unser Zimmer. Nicht auszudenken, wenn wir die Nacht draussen hätten verbringen müssen und welche Gefahren dadurch auf uns gelauert hätten. Noch heute schaudert mich allein der Gedanke daran. Ob Frauchen eine gross angelegte Suchaktion gestartet hätte, ist fraglich. Vielleicht wäre ihr nämlich eine Nacht ohne Geschnarche sehr willkommen gewesen! Übrigens, Frauchen sagt, dass ich manchmal auch schnarche und überhaupt ein bewegtes Nachtleben führe. Ich würde sogar nicht nur schnarchen, sondern auch stöhnen, winseln, knurren oder bellen. Ob das wirklich stimmt, weiss ich nicht. Ich kann mir ja beim Schlafen nicht selber zuhören. Hingegen habe ich aber schon gehört, wie Frauchen leise Schnarchgeräusche von sich gibt. Doch dies will sie partout nicht wahrhaben und streitet es vehement ab!

An manchen Abenden setzt sich die Hotelbesitzerin draussen zu ihren Gästen und plaudert angeregt mit ihnen. Mehr als einmal schlief sie dabei ein. Um die Geisterstunde herum verzogen sich dann die Gäste so nach und nach auf ihre Zimmer. Wann die gute Frau jeweils wieder wach wurde, entzieht sich meiner Kenntnis. Vermutlich hat sie sich dann gewundert, wo ihre Gäste abgeblieben sind. Übrigens, gleich zu Anfang erkundigte sie sich nach meinem Namen. Bobby ist eigentlich ein Allerweltsname. Den hätte sie sich ja spielend merken können. Aber nein, zwei Wochen lang nannte sie mich Bodo oder noch schlimmer Bimbo! Zu Anfang korrigierte Frauchen sie jedes Mal, doch irgendwann war es ihr dann wohl zu blöde. Meines Erachtens sollte die Hotelbesitzerin anstelle des Hotels eigentlich eine Senioren-Residenz führen. Es ist natürlich gut möglich, dass sie sich bereits dort wähnt, weil die meisten ihrer Gäste auch schon den Zenit überschritten haben. Ja, ist mir schon klar, ich bin ein schlimmes Lästermaul!

Shopping steht mit schönster Regelmässigkeit immer wieder auf dem Plan. Und so trotten Herrchen und ich wiederum gottergeben mit Frauchen durch Meran. Das heisst, wir schlendern unter den Lauben rauf und runter und Frauchen begutachtet jede Auslage in den Schaufenstern gefühlte Stunden und verschwindet immer wieder in den Geschäften. Allerdings dauert dies in der Regel nie lange, denn sie ist beim Einkaufen eine Schnellentschlossene. Gottlob! Und sie fragt auch Herrchen nie um Rat, was ihm sicher recht ist. Es interessiert ihn eh nicht gross, was sie einkauft. Und Hund interessiert es schon gar nicht! Also warten wir Männer jeweils geduldig auf dem Trottoir. Als Herrchen dann ausnahmsweise auch in einen Laden (Weinhandlung!) geht, schleppt sie mich doch derweil tatsächlich in ein Schuhgeschäft. Dort probiert sie unzählige Schuhe an. Die Verkäuferin (jung und hübsch!) kniet vor Frauchen, um den Sitz der Latschen zu prüfen. Und ich ergreife die günstige Gelegenheit und gebe der putzigen Verkäuferin ein Zungenküsschen. Von meiner Chefin bekomme ich deswegen einen tüchtigen Anschiss.

»Ach, lassen Sie ihn doch, habe zu Hause auch einen Hund«, sagt daraufhin die Verkäuferin.

Und Frauchen muss klein beigeben, ob sie will oder nicht! Und so küsse ich fröhlich weiter. Die Schuhe hat sie – was mich erstaunt – trotzdem gekauft, obwohl sie sich bei der Verkäuferin – was das Abschlabbern anbelangt – nicht durchsetzen konnte.

Bei einem weiteren Einkaufsbummel in Meran darf ich mit in ein Geschäft, um für meine Patentante ein Mitbringsel auszusuchen. Ich stehe mit den Vorderpfoten an den Glasvitrinen hoch, um die bunte Vielfalt zu bestaunen. Dadurch hinterlasse ich daran nicht nur Pfoten-, sondern auch Sabberspuren. Was Frauchen gründlich missfällt. Sie sucht dann ziemlich schnell – ohne mein Okay einzuholen – ein kitschiges Souvenir aus. Ob meine Patentante daran Freude haben wird, bezweifle ich stark! Der Ladenbesitzer nimmt übrigens keinen Anstoss an meinen hinterlassenen Spuren. Ich bekomme sogar ein Leckerli. Bin gerade genüsslich am Mampfen, als hinter dem Ladentisch ein Chow-Chow hervorkommt. Der interessiert mich aber keinen Deut. Mein Leckerli ist mir viel wichtiger! Und er, er findet mich wohl auch nur öde und zum Gähnen. Denn er verzieht sich sogleich wieder hinter die Theke. Übrigens, ich bin noch nie so vielen Artgenossen, egal welcher Rasse, Grösse oder Couleur, wie in dieser Stadt begegnet. Und viele davon benehmen sich total daneben. Einmal kam uns ein Herr mit einer riesigen Dogge entgegen. Nein, es war eigentlich so: Die Dogge kam uns mit dem Herrn entgegen. Sie lief nämlich mit straff gespannter Leine voraus und schleppte das Herrchen mit durchgestrecktem Arm im Zickzackkurs hinterher. Als wir einander kreuzten, zog das Muskelpaket (ich meine den Hund) wie verrückt in meine Richtung. Ich hatte allerdings keinen Bock auf dieses Riesenvieh und ging, den Blick starr geradeaus gerichtet, an ihm vorbei. Die Pfeife, ich meine natürlich das Herrchen der Dogge, musste seine ganzen Kräfte mobilisieren, um sie unter Kontrolle zu halten. Als ich dieses Kräftemessen sah, bekam ich richtiggehend Schiss respektive Muffensausen! Meinen Menschen war es auch nicht mehr geheuer und so begaben wir uns flugs aus der Gefahrenzone, indem wir in eine Seitenstrasse abbogen. Huch, das war knapp! In Meran gibt es praktisch keine Hausecken und keine Blumentöpfe, die nicht von meinen Artgenossen vollgepisst sind. Darum hatte ich auch immer mächtig viel zu tun. Denn ich schnüffelte ausgiebig an jeder noch so kleinen Pfütze. Doch jedes Mal, wenn ich ebenfalls meine Duftmarke hinterlassen wollte, stoppte mich die Chefin: »Bobby, neiiin!«

Folgsam, wie ich nun mal bin, gab ich jeweils mein Vorhaben auf. Was mich im Geheimen aber ziemlich frustrierte. Seufz!

Heute Mittag sind meine Leute und ich in einem noblen Restaurant, um dort fein zu tafeln oder noch vornehmer ausgedrückt, um dort gediegen zu dinieren. Frauchen hat natürlich wie immer einen tollen Tisch ergattert und so steht einem kulinarischen Höhenflug nichts im Wege. Doch kaum ist die Vorspeise serviert, lässt sich am Nebentisch eine vierköpfige Familie nieder. Begleitet wird sie von einer ausserordentlich hübschen Pudeldame mit aufreizenden, schwarzen Locken, die ihr neckisch über die Augen fallen. Was dann geschieht, verschlägt selbst mir – rhetorisch gesehen – die Sprache. Denn während des ganzen Essens sitzt sie auf dem Schoss ihres Frauchens und ihre Schnauze ist nur Millimeter vom Tellerrand entfernt. Muss sie zwischendurch auf den Boden, protestiert sie mit lautem Gewinsel, sodass sich die andern Gäste rundum gestört fühlen. Durch ihr ungehöriges Benehmen erlahmt – obwohl sie sehr hübsch ist – mein Interesse und ich drehe ihr demonstrativ den Rücken zu. Vorher wäre ich nämlich einem kleinen Flirt nicht abgeneigt gewesen! Weil ich, trotz schwarzer Locken-Versuchung, weiterhin wohlerzogen unter dem Tisch bleibe, bekomme ich von Frauchen ein Leckerli. Und dies ist mir eh viel lieber, als ein Techtelmechtel mit dieser unerzogenen Pudelgöre. Als die sehr laut durcheinanderschnatternde Familie endlich bemerkt, dass unter dem Nachbartisch ein ruhiger und gut erzogener Hund (damit bin ich gemeint) liegt, will mir das Frauchen der Pudeldame subito eine Hand voll Leckerlis geben. Mein Frauchen sagt daraufhin in perfektem Italienisch: »Grazie, no!«

Ich hätte natürlich die Leckerlis von der fremden Dame sehr, sehr gerne angenommen. Doch mich hat niemand gefragt! Und Frauchen dachte wohl, die soll zuerst ihren Hund richtig erziehen, bevor sie meinen mit Leckerlis bezirzt.

Dafür hat sich im Hotel beinahe, aber wirklich nur beinahe, ein kleiner Flirt ergeben. Wenn wir am Nachmittag auf der Liegewiese unter den Bäumen liegen, kommt jeweils eine kleine, süsse Terrierdame dazu. Das Frauchen von Selly ist der Meinung, dass wir zusammen spielen könnten. Gesagt, getan! Also rennen wir wie die Blöden – obwohl eine Affenhitze herrscht – hinter unseren Ballis her, fangen sie auf, werfen sie in die Höhe, apportieren sie und so weiter und so fort. Einmal will Selly das gleiche Balli wie ich fangen. Dieses eine Mal bin jedoch ich der Schnellere und schnappe es ihr vor der Nase weg. Zudem ist es sowieso mein Balli. Da wird Selly fuchsteufelswild und geht wie eine Furie auf mich los. Das Frauchen von Selly wirft sich dazwischen und versucht uns zu trennen. Was ihr nur mit Mühe gelingt. Danach renne ich total geschockt zu meinen Menschen! Dort flüchte ich mich in Frauchens Arme und lasse mich von ihr trösten. Habe von diesem Kampf einige Blessuren davongetragen, die Frauchen dann mit einem ekligen Spray desinfizieren muss. Am Tag danach meiden wir die Liegewiese. Denn ich will dem zickigen Weib, das anscheinend ohne jeglichen Wienerschmäh ist, nicht mehr begegnen. Gottlob reisen die Herrschaften samt rabiater Hündin alsbald ab.

Im Hotel gibt es übrigens noch zwei weitere Hunde. Eine Yorkshiredame, die alle und jeden giftig ankläfft. Wenn ihr Frauchen mit ihr spazieren geht, zieht die kleine Kläfferin dermassen an der Leine, dass sie sich fast selber stranguliert. Und dann ist noch eine alte, sehr kleine Pudeldame mit ihrem Herrchen da. Sie ist leider taub und auf einem Auge auch noch blind. Ihr Herrchen ist ebenfalls etwas schwerhörig und mit dem Gehen hat er auch so seine liebe Mühe. Und er trägt zudem eine Brille mit Gläsern, die so dick wie Flaschenböden sind. Mann und Hund passen demzufolge hervorragend zueinander! So sind also beide Damen für mich kein Thema. Und somit spielen halt Frauchen und ich öfters ausgelassen miteinander. Dabei tritt sie einmal auf eine Biene.

»Aua, auaaa«, schreit sie laut.

Frauchen hüpft danach die längste Zeit theatralisch nur noch auf einem Bein herum und schneidet dazu Grimassen, die jedem Zirkusclown zur Ehre gereichen würden. Es macht direkt gute Laune, ihr dabei zuzusehen! Der malträtierte Fuss schwillt im Nu zur doppelten Grösse an. Da sie »offenbar«

eine stille Dulderin ist, sagt sie erst nach ein paar Tagen, dass ihr immer noch jeder Schritt weh tut. Herrchen rennt, nein, natürlich nicht, fährt dann mit dem Auto zur Apotheke und kauft dort eine Salbe. Nach zwei, drei Anwendungen ist der Fuss von Frauchen dann wieder auf Normalgrösse zurückgeschrumpft. Sie gilt somit als geheilt! Und danach schleppen die beiden mich weiterhin durch das halbe Südtirol. Unter uns gesagt, ich bin eigentlich kein ausdauernder Läufer. In der Regel habe ich nach zwei Stunden die Schnauze gestrichen voll und will dann nur noch zurück ins Hotel, damit ich auf der Liegewiese herumtollen kann. Denn auf dieser Wiese herumrennen, Balli fangen, Bienen hinterher schleichen (Frauchen meint, ob ich, was Bienen angeht, nichts gelernt habe), Vögel aufscheuchen oder Eidechsen erschrecken ist viel spannender, als »olle« Wege entlang zu gehen. Dies aber natürlich nur, wenn keine giftigen Hundeweiber in der Nähe sind.

Ich glaube, ich habe schon erwähnt, dass ich – vor allem, wenn es um den Gehorsam geht – öfters ein wenig vergesslich bin. Deshalb trainiert Frauchen gewisse Übungen immer und immer wieder mit mir. Sie hat in einem Fachbuch (wo auch sonst) von Martin Rütter (Sie erinnern sich? Ja, genau derjenige, den sie nicht von der Bettkante stossen würde!) gelesen, eine Hundeerziehung sei nie abgeschlossen. Und was der Rütter schwafelt oder schreibt, ist für Frauchen das allein selig machende! Punkt. Ich muss mich beispielsweise immer auf dem obersten Treppenabsatz hinsetzen und warten. Frauchen läuft dann alleine die Treppe runter. Unten angelangt, ruft sie: »Bobby, komm!«

Dann renne ich wie ein geölter Blitz die Stufen hinab und setze mich artig neben sie hin. Werde danach entsprechend gelobt. Manchmal springt dabei sogar ein Leckerli heraus. Ein Hotelgast, der zufällig vorbeikommt, fragt: »Wieso muss der arme Hund alleine auf der Treppe sitzen bleiben?«

»So vermeide ich, die Treppe runterzufallen. Denn Bobby zieht manchmal ungestüm an der Leine«, antwortet Frauchen.

Nach dem Nachtessen kommt Herrchen – wie üblich – auf's Zimmer, um mich zu holen. Denn meine Menschen geniessen nach wie vor draussen – bei einem Glas Rotwein – die lauen Sommernächte. Die lauen Sommernächte lassen mich hingegen völlig kalt. Hauptsache, die langweilige Warterei im Zimmer ist endlich vorbei! Ich begrüsse Herrchen jeweils so überschwänglich, als ob er Jahre weggewesen wäre. Und er ist deswegen immer wieder gerührt! Beim Runtergehen will er nun, die Betonung liegt auf will, dass ich – wie Frauchen es mir beigebracht hat – auf dem obersten Treppenabsatz sitzenbleibe und warte. Klar warte ich. Erster Teil der Übung also mit Bravour bestanden! Allerdings, als er mich dann zu sich ruft, flitze ich mit fliegenden Ohren die Treppe runter, dann aber wie ein Hochgeschwindigkeitszug an ihm vorbei. Danach renne ich im gestreckten Galopp durch die Empfangshalle, dann weiter durch die Hotelbar und direttissimo nach draussen zu Frauchen. Die sitzt bereits an einem Tisch und genehmigt sich vor dem Wein einen sogenannten »Verteiler«. Frauchen, aber auch die Gäste rundum, amüsieren sich köstlich, weil ich Herrchen metaphorisch gesprochen, im Regen habe stehen lassen. Er hingegen findet das überhaupt nicht lustig. Und deswegen hat er – weil ich den Gehorsam verweigert habe – vor Wut oder Scham rote Ohren! Und ich, ich erfreue mich heimlich an seiner Blamage!

Dann kommt der Tag, an dem ich mich unsterblich verliebe. In trauter Harmonie (böse Selly abgereist) lassen meine Menschen und ich auf der Liegewiese unsere Seelen baumeln. Ich liege dabei völlig relaxt auf dem Rücken und streckte alle Viere in die Höhe. Plötzlich kommt eine unbeschreiblich schöne Zweibeinerin daher, legt sich auf einen Liegestuhl und reckt ihren Luxuskörper der Sonne entgegen. Benommen denke ich, meine Fresse, welche Schönheit! Lange schwarze Haare, niedlich ovales Gesicht, tolle Ausstrahlung, süsses Lächeln, gertenschlanke Figur, Beine bis zum Himmel und, und, und! Das kann nur eine heissblütige Italienerin sein! Und ich schwöre, alle Männer glotzen dermassen, dass ihnen fast die Augen aus dem Kopf fallen. Auch Herrchen macht da keine Ausnahme und schaut wie hypnotisiert in ihre Richtung! Ein mittelschweres Erdbeben würde nicht reichen, um die unter der Gürtellinie gesteuerten Kerle auf den Boden der Realität zurückzuholen. Und die Frauen, die schauen allesamt säuerlich aus der Wäsche. Ratet mal, wer dann das Rennen macht? Natürlich meine Wenigkeit! Irgendwann erhebt sich die Göttin aus ihrem Liegestuhl, schnappt sich mein Balli und fängt an, mit mir zu spielen. Und ich gebe alles. Will sagen, ich lasse meinen ganzen Charme spielen. Ich umtänzle und umschwänzle sie wortwörtlich! Normalerweise schwingt meine Rute, wenn ich freudig erregt bin, von links nach rechts und zurück. Aber vor lauter Freude an der »bella Italiana« rotiert meine Rute jedoch im Kreis herum! Ich muss höllisch aufpassen, dass ich nicht wie ein Helikopter abhebe. Zwischendurch werfe ich mich auf den Rücken und himmele sie schmachtend von unten an. Und sie ist hin und weg von mir! Sie flüstert mir wohltönende Worte in meine Ohren. Allerdings verstehe ich nichts, was mir aber völlig schnurz ist! Doch dann sagt sie in gebrochenem Deutsch: »Du bischt so eine süsse und hübsche kleinä Hund.«

Für dieses Kompliment lasse ich meine Rute erneut wie einen Propeller kreisen und halte erst kurz vor dem Abheben inne. Meine Menschen verdrehen ob meinem Getue nur wortlos die Augen. Irgendwann sagt Herrchen: »Bobby, lass die Dame nun in Ruhe!«

Folgsam, jedoch total widerwillig trotte ich mit dem Balli zwischen den Zähnen zu Herrchen zurück, der etwas entfernt von Frauchen auf einem Liegestuhl im Schatten liegt. Frauchen ist mit ihrem Liegestuhl an der Sonne und schmökert in einem Buch von Martin Rütter (gibt es eigentlich auch noch andere Autoren?). Um wieder zu bella Italiana zu gelangen, wende ich folgende Strategie an. Ich robbe mit dem Balli im Maul – als würde mich eine unbändige Sehnsucht zu Frauchen treiben – auf sie zu, dann aber flugs unter ihrem Liegestuhl hindurch, schaue dabei unschuldig in Richtung Chef zurück und sause dann ohne Umweg wie ein geölter Blitz wieder in die Arme der Schönen. Was vor allem die männlichen Gäste schmunzeln lässt. Einer sagt sogar: »Bobby du bist ein durchtriebenes Schlitzohr!«

Was ja auch stimmt. Als wir uns dann aufs Zimmer zurückziehen fällt mir der Abschied von der heissblütigen Schönheit unendlich schwer. Doch ich treffe sie wieder! Nämlich am Abend beim Schlummertrunk. Da lässt mich Frauchen sogar von der Leine und ich darf erneut mit der Heissblütigen spielen. Ich scharwenzle wiederum um sie herum, hüpfe an ihr hoch, werfe ihr verliebte Blicke zu und schmeisse mich erneut vor ihre Füsse. Anscheinend habe ich alle Hotelgäste mit meiner Show unterhalten, denn ich ernte so manchen Lacher. Sie knuddelt mich ausgiebig und sagt immer wieder, dass ich ein toller Hund sei. Nach einem Gutenachtküsschen von ihr gehe ich danach völlig geknickt auf mein Zimmer und lege mich schlafen. Dabei hege ich die Hoffnung, von ihr zu träumen.

Beim Frühstück sagt Frauchen: »Bobby war die ganze Nacht sehr unruhig. Er hat wohl von der Italienerin geträumt.«

Angeblich habe ich im Schlaf gestöhnt und mit der Rute im Dreivierteltakt auf den Körbchenrand geklopft.

»Ich denke, dass so mancher Hotelgast eine unruhige Nacht hatte, die ihm vielleicht sogar feuchte Träume bescherte«, antwortet Herrchen.

Betont aber sogleich, dass er selbstverständlich nicht zu jenen Männern gehört! Wer's glaubt! Der scheinheilige Heuchler steht doch auch auf die Braut!

Die Schönheit ist dann noch an diesem Morgen abgereist und ich habe den ersten, grossen Seelenschmetter! Und leide buchstäblich wie ein Hund! Meine Menschen helfen mir dann mit ein paar Leckerlis und zusätzlichen Streicheleinheiten darüber hinweg.

Am zweitletzten Tag unseres Urlaubes will Frauchen noch unbedingt nach Bozen zum Shopping. Herrchen und ich fügen uns wiederum in das unvermeidliche Schicksal. Nach einer Fahrt von einer knappen halben Stunde sind wir in Bozen. Kaum aus dem Auto, prasselt sintflutartig ein Platzregen auf uns nieder. Das heisst, es schüttet wie aus Eimern. Trotz Regenschirm für Frauchen (Herrchen wollte keinen mitnehmen) und Regenmäntelchen für mich, sind wir alle im Nu klitschnass! Herrchen hasst Wind und Regen. Manchmal kommt er mir wie ein Weichei vor. Denn kaum bringt ein Hauch von einem Lüftchen seine spärlichen Haare durcheinander oder es fällt ein einzelner Regentropfen auf sein fast kahles Haupt, rennt er wie von einer Tarantel gestochen zum nächsten Unterstand. Wo Frauchen und ich dabei bleiben, ist ihm scheissegal. Da aber heute kein Unterstand in der Nähe ist, steht er nun den Elementen preisgegeben da und wird bis und mit Unterhose nass. Seine Laune kann durch den Regenguss und die nassen Klamotten wohl nicht noch tiefer sinken, denn sie war schon vor unserem Ausflug nach Bozen im Minusbereich! Meine auch! Und so macht er Frauchen den Vorschlag: »Lauf du alleine die Shoppingmeile rauf und runter. Derweil gehen Bobby und ich in ein gemütliches Kaffeehaus.«

Prompt setzt Frauchen seinen Vorschlag in die Tat um und zieht alleine los. Allerdings ist sie nicht lange weg. Es macht ihr wohl ohne ihre zwei Männer oder eher wegen des Regens keinen echten Spass. Mit so wenig Tüten habe ich Frauchen noch nie von einem Einkaufsbummel zurückkommen sehen. Und ich habe sie auch noch nie so nass und aufgeweicht gesehen. Der totale Brüller ist, dass Frauchens Frisur, die sie nur mit einer Menge Haarlack in Form gebracht hat, nun hinüber ist. Die Haare hängen ihr in Strähnen pitschnass über das ganze Gesicht. Und von ihren Kleidern tropft Wasser auf den Boden. Voll peinlich! Herrchen nimmt davon keine Notiz oder es ist ihm herzlich egal, dass seine Holde wie eine ersoffene Maus ausschaut. Was dem ollen Knauser aber nicht egal ist, Frauchen hat wegen des Regens viel Geld gespart. Und darüber freut er sich idiotisch!

Bald darauf lassen wir Bozen hinter uns und fahren zum Hotel zurück. Kaum zu glauben, aber dort lacht bereits wieder die Sonne und wir können, bevor wir morgen abreisen, zum letzten Mal die Liegewiese geniessen. Ich lasse nochmals meine Seele baumeln und die Menschen die ihrige. Ich habe jedoch bald genug vom baumeln lassen und bin für neue Schandtaten bereit! Und so ergibt es sich, dass ich zum Ende der Ferien noch ein wenig unartig bin. Geradezu hinterlistig bin ich! Hunde mögen bekanntlich Malz und darum lieben sie Bier. Und ich mache da keine Ausnahme. Herrchen hat eine Flasche Bier mit auf die Liegewiese genommen. Er stellt sie arglos neben seinen Liegestuhl. Unvermittelt steigt mir der verführerische Malzduft in die Nase. Ich schleiche unauffällig gen Flasche, schaue dabei unschuldsvoll meine Menschen an. Herrchen ist eingenickt und Frauchens Nase steckt wiederum in einem Buch. Also ergreife ich die günstige Gelegenheit und stupse die Flasche an. Die kippt dann prompt um. Das Bier ergiesst sich somit auf den Boden und bevor jemand das Malheur überhaupt bemerkt, schlabbere ich bereits eifrig das leckere Gesöff auf. Leider versickert das Bier nur allzu rasch im Boden. Und so reicht es nicht einmal für einen kleinen Damen- respektive Hunderausch! Als Herrchen die umgekippte Flasche bemerkt, ermahnt er mich, so etwas kein zweites Mal zu machen. Mal sehen. Versprechen kann ich gar nichts! Und wieso verdächtigt er mich überhaupt? Er hat doch die ganze Zeit geschlafen!

Dann kommt der denkwürdige Morgen unserer Abreise. Es herrscht totale Weltuntergangsstimmung, nicht nur wegen des Endes der Ferien, sondern auch wegen des Wetters. Dunkle Wolken liegen über Südtirol. Gerade so, als wollte der Himmel zum Abschied weinen. Alle Angestellten stehen bei der Rezeption und verabschieden sich von uns. Das heisst, vor allem verabschieden sie sich von mir! Jeder will mir noch einmal über den Kopf streicheln. Selbst der Koch kommt extra aus der Küche und kitzelt mich noch einmal hinter den Ohren. Und die Hotelbesitzerin sagt: »Ich habe noch nie so einen lieben und wohlerzogenen Hund, wie Bimbo (!), als Gast gehabt. Kommen Sie gerne wieder.«

Ich fühle mich gebauchpinselt! Und ich bin mir fast sicher, dass wir nächstes Jahr wieder hierherkommen. Mir hat es auf jeden Fall super gut gefallen. Allerdings, ein paar kleine Einschränkungen gibt es schon. Beispielsweise ist die Wirtin ein bisschen gaga, weil sie mich ständig Bodo oder Bimbo nennt, dann gibt es zu wenig Abfalleimer, um meine Kacke zu entsorgen und es hat viel zu viele Märkte, wo Frauchen ihrem Hobby nachgehen kann. All dies wäre noch verbesserungswürdig! Natürlich hoffe ich, dass nächstes Jahr bella Italiana auch wieder hier logieren wird. Mit einem lachenden und weinenden Auge verlasse ich dann das Hotel mit dem freundlichen Personal, die tolle Luxussuite mit den weichen Teppichböden, die Liegewiese, wo ich nach Lust und Laune rumtollen durfte und die einmalige Landschaft mit den vielen Apfelbäumen, die ich auf Teufel komm raus markiert habe. Wir sind bereits im Auto, als die Hotelbesitzerin uns nachrennt und sagt, sie werde Ende des Jahres in Pension gehen. Wird aber auch langsam Zeit, denke ich! Meine Menschen heucheln daraufhin Unglauben.

»Sie sind doch noch so rüstig, schade, dass Sie nicht noch ein paar Jahre bleiben«, sagen beide gleichzeitig.

Schleimscheisser! Kaum abgefahren, öffnen sich die Schleusen am Himmel. Es regnet wiederum sintflutartig, was mir den Abschied ein wenig leichter macht. Als wir über den Ofenpass fahren, liegen Steine auf der Fahrbahn und man kann von Glück sagen, dass keiner auf's Autodach donnert. Frauchen hat Angst, ich nicht minder. Herrchen mimt indes den coolen Kerl. Indem er total unbeeindruckt von den Naturgewalten im hohen Tempo gen Heimat brettert! Kurz bevor wir zuhause sind, klart es auf und die Sonne lugt hinter den Wolken hervor. Gerade so, als ob sie uns begrüssen möchte. Müde, doch gottlob heil, kommen wir dann daheim an. Ich verziehe mich sogleich in mein Körbchen und meine Menschen machen sich ans Auspacken. Das heisst, Frauchen macht sich daran, Herrchen muss an eine längere Sitzung, bewaffnet mit einem Kreuzworträtselheft! Derweil verfalle ich in einen komatösen Schlaf und träume von dem hundefreundlichen Hotel, von der riesigen Dogge und anderen gleichartigen Begegnungen, den schönen Wanderungen, den lieben Menschen, die ich getroffen habe und natürlich von der total heissen Italienerin und von der überreifen Hotelbesitzerin.

Der Alltag hat uns eingeholt. Herrchen geht mit mir wie gewohnt Gassi und danach muss er einkaufen. Denn im Kühlschrank herrscht gähnende Leere. Frauchen schleppt sich unterdessen mit müden Schritten und hängenden Schultern in ihren Hobbyraum, die sogenannte Waschküche! Als sie vor dem Berg dreckiger Wäsche steht, rauft sie sich voller Verzweiflung die Haare und wünscht sich, sie wäre immer noch im Urlaub. Herrchen und ich gehen ihr mehr oder weniger den ganzen Tag aus dem Weg und lassen sie ungestört ihre Arbeit tun. Irgendwann bequemt sich der Herr dann doch noch, wenigstens die Koffer wieder in den Keller zu bringen. Dabei stellt er sich so ungeschickt an, dass ein Koffer auf seinen Fuss fällt und den grossen Zeh quetscht. Was ihn in einen Indianertanz mit lautem Geschrei ausbrechen lässt. Und somit ist seine Arbeitswut vorüber, bevor sie richtig begonnen hat. Ich spiele unterdessen mit meinem Lieblingsplüschtier, dem grellgrünen Dinosaurier – von dem meine Menschen behaupten, dass sie noch nie so etwas Hässliches gesehen haben – und gehe dabei weiterhin dem gestressten Frauchen aus dem Weg! Schlicht, es herrscht momentan dicke Luft in unseren vier Wänden. Und das heisst, sowohl für Mann wie auch für Hund, sich – wann immer möglich – zu verdünnisieren.

Das Wetter ist im Moment eine Katastrophe. Seit Wochen regnet es fast ununterbrochen. Ich weigere mich immer öfters, im Regen weiter als bis zum nächsten Baum zu laufen. Denn ich kann es nicht ausstehen, wenn mein Fell vom Regen durchnässt wird. Herrchen ist – aus bekannten Gründen – megafroh, dass ich immer mehr zu einem Schönwetterhund mutiere. Und Frauchen lacht uns deswegen aus. Ihr scheint der Dauerregen nichts auszumachen. Sie nötigt mich daher ab und zu, mit ihr im strömenden Regen spazieren zu gehen. Komme ich danach nach Hause, sehe ich jeweils wie ein begossener Pudel aus! Und dadurch bekommt mein Selbstbewusstsein – natürlich nur was mein Aussehen anbelangt – einen argen Dämpfer. Doch wenn ich dann Frauchen anschaue, die noch beschissener aussieht, geht es mir gleich wieder besser!

Oh Schreck!

Heute bin ich mit Frauchen alleine unterwegs. Sie geht vorneweg und ich trödle mit einigem Abstand hinter ihr her und bleibe neugierig da und dort stehen. So auch vor einer Wiese, die eingezäunt ist. Darin gibt es Schafe, die Gras mampfen, gelangweilt herumstehen oder einfach nur dumm aus der Wäsche, pardon, aus der Wolle gucken. Anscheinend über jede Abwechslung froh, kommen sie neugierig näher und begrüssen mich mit lautem Geblöke. Ich will nicht unfreundlich erscheinen und gehe nahe zum Zaun, um den netten Gruss zu erwidern. Unmittelbar durchfährt mich ein wahnsinniger Schmerz und ich schreie markerschütternd, so dass die Schafe voller Panik in alle Richtungen davonrennen. Dafür kommt Frauchen im Sauseschritt angerannt. Der Schmerz lässt nur allmählich etwas nach. Doch mein Herz hämmert wie verrückt. Frauchen nimmt mich in den Arm und versucht mich zu beruhigen.

»Armer, armer Bobbely, der Zaun steht unter Strom und deshalb hast du einen Stromschlag abbekommen. Gleich geht der Schmerz vorüber«, sagt sie.

Dazu streichelt sie mich ununterbrochen. Derweil schmiege ich mich zitternd an sie. Nur langsam erhole ich mich. Irgendwann können wir dann unseren Spaziergang fortsetzen. Ich fühle mich jedoch weiterhin ziemlich mies und habe das Gefühl, neben meinen Pfoten zu stehen. Bemüht, Frauchen dies nicht merken zu lassen, versuche ich, ganz normal weiterlaufen. Der Schreck ist mir jedoch dermassen in die Glieder gefahren, dass meine Rute schlaff zwischen meinen Hinterbeinen durchhängt. Das ängstigt Frauchen am meisten. Sonst zeigt sie nämlich immer unternehmungslustig und fröhlich gen Himmel! Und dann geben meine Beine plötzlich den Dienst auf. Ich kippe um wie ein gefällter Baum und falle seitlich auf den Boden. Nach einer Schreckenssekunde versuche ich aufzustehen, doch mir fehlt jegliche Kraft dazu. Frauchen will mir helfen, aber ich falle erneut hin. Daraufhin hebt sie mich hoch, um mich nach Hause zu tragen. Ich bringe neuneinhalb Kilo auf die Waage und wir sind noch etwa zwanzig Minuten von unserem Haus entfernt. Also ein richtiger Kraftakt für Frauchen. Auf ihren Armen wird mir plötzlich schwarz vor den Augen und mein Kopf knickt nach hinten weg. Frauchen ist ausser sich vor Sorge und flüstert: »Bobby, bitte, bitte, stirb nicht.«

Hab ich eigentlich nicht im Sinn. Doch man weiss ja nie, wann der Sensenmann anklopft! Auf jeden Fall höre ich bereits die Englein singen. Zwischendurch stellt Frauchen mich immer wieder auf den Boden, weil ich ihr einfach zu schwer bin. Doch meine Beine tragen mich noch immer nicht. Und jedes Mal nimmt sie mich wieder hoch und eilt – so schnell sie kann – weiter. Beim letzten Halt (Frauchen ist total ausser Puste) kann ich mich dann endlich mit eigener Kraft wieder aufrappeln und ein paar Schritte gehen. Welche Erleichterung! Danach bewältige ich den Rest des Weges selbstständig. Doch meine Knie fühlen sich immer noch wie Wackelpudding an. Kurz vor dem Haus kommt uns Herrchen entgegen. Er hat sich Sorgen gemacht, wieso wir so lange weggeblieben sind. Frauchen erzählt dann schluchzend und völlig aufgelöst, was mir passiert ist. Und danach telefoniert sie mit dem Tierdoktor. Der will mich unverzüglich sehen. Also werde ich ins Auto gepackt und gedrückter Stimmung fahren wir zur Tierarztpraxis. Dort angekommen, fühle ich mich aber bereits wieder fit und bin sogar für allerlei Schabernack zu haben. Was man von meinen Menschen nicht sagen kann! Stürmisch begrüsse ich die Vorzimmerdamen und verteile dabei grosszügig Küsschen. Danach ist der Onkel Doktor an der Reihe, indem ich ihm mit der Zunge das ganze Gesicht ablecke. Er mag das! Und dann unterzieht er mich einem gründlichen Body-Check und findet (gottlob) nichts. Mein Herz schlägt wieder normal und demzufolge ist mein Puls auch wieder in Ordnung. Dann erklärt der Doktor meinen Menschen, dass der Stromschlag wahrscheinlich meinen Kreislauf durcheinander gebracht habe und so eine Herzrhythmus-Störung entstanden sei. Der gute Mann labert und labert im unverständlichen Fachjargon noch unendlich lange weiter. Von den Gesichtern meiner Menschen kann ich ablesen, dass sie seinen Erläuterungen nicht mehr folgen können. Und demzufolge das Interesse an seinen Ausführungen gänzlich erlahmt. Schlussendlich sind sie aber nur froh, dass ich keinen Schaden davongetragen habe und wieder quietschfidel und munter bin. Bevor wir uns gebührend von allen verabschieden, bekomme ich von einem Praxisfräulein noch ein paar feine Leckerlis. Und somit stimmt die Welt nun wieder rundum für mich!

Übrigens, seit diesem Vorfall, testen meine Menschen auf unseren Spaziergängen jeden Drahtzaun. Natürlich fassen sie das Ding nicht mit blossen Händen an. Sie wollen nämlich keinen Stromschlag bekommen und dadurch unter Umständen frühzeitig in die ewigen Jagdgründe eingehen. Nein, sie nehmen einen Grashalm und halten diesen an den Draht. Wenn der Halm vibriert, steht der Zaun unter Strom. Wenn nicht, kann ich unter dem Zaun hindurchkriechen und mein über alles geliebtes Spitzgras fressen oder mit der Nase in Maulwurfhügeln wühlen! Leider nehmen die Viecher schon immer vorher Reissaus. Schade! Denn ein üppiger Snack zwischendurch käme mir nämlich ganz gelegen.

Stille Nacht, heilige Nacht …

Am frühen Weihnachtsabend sind meine Menschen bei Freunden zu einem Apero eingeladen. Ich darf selbstverständlich mit. Alle Gäste sind schon da, als wir endlich eintrudeln. Und warum die Verspätung? Weil Frauchen wieder einmal »nichts« zum Anziehen hatte. Obwohl ihr Kleiderschrank aus allen Nähten platzt. Nachdem das Kleiderproblem dann endlich gelöst war, stand sie noch ewig vor dem Spiegel, um ihre wild abstehenden Haare zu bändigen! Was ihr nur mässig gelang! Sei's drum.

Zur Begrüssung tauschen die Frauen Küsschen aus und die Männer klopfen sich jovial auf die Schultern. Dann bin ich an der Reihe. Ich werde von zig Händen begrapscht und getätschelt, was in mir Wonneschauer auslöst! Voller Überschwang erwidere ich die Begrüssung, indem ich an allem, was zwei Beine hat, hochspringe. Einigen Gästen gelingt es, mich abzuwehren, was meiner Freude jedoch keinen Abbruch tut. Denn eigentlich haben alle eine Scheissfreude an mir. Nur die zweijährige Enkelin der Gastgeber nicht. Demonstrativ flüchtet sie auf Opas Schoss und gibt sirenenartige Heulgeräusche von sich. Ich ängstige sie angeblich fast zu Tode. Auf jeden Fall bewirkt sie mit ihrem markerschütternden Gebrüll, dass sie nun wieder die ungeteilte Aufmerksamkeit hat. Ich lasse den kleinen Fratz einfach links liegen! Viel lieber wende ich mich meinem allerliebsten Hobby, dem Herumschnüffeln, zu. Hurra, der Fussboden ist der reinste Fundus! Brotkrumen, Pommes, Salamirädchen und Käsewürfelchen liegen herum. Vermute schwer, dass die kleine Heulsuse die grosszügige Verteilerin ist. Einige Häppchen liegen sogar unter der Polstergruppe. Für mich kein Problem! Ich robbe behände darunter und schnappe mir das Zeug. Hurtig wie ein Wiesel fresse ich alles in mich hinein, bevor meine Leute mein Tun überhaupt bemerken. Der Fussboden ist danach blitzblank. Die Hausherrin kann sich daher – wenn die Gäste weg sind – das leidige Staubsaugen ersparen! Bald sind die Apero-Häppchen weggeputzt und die Flaschen leer. Also machen wir uns bereit zum Aufbruch. Frauchen ist sowieso der Meinung, dass man bei einer Einladung zum Apero nicht allzu lange bleiben darf. Ansonsten stresst man angeblich die Gastgeber. Denn die wollen nachher »en famille« eine leckere Weihnachtsgans essen. Gegen einen saftigen Schenkel hätte ich nichts einzuwenden. Aber davon kann ich wohl nur träumen! Und dann verabschieden sich meine Menschen wortreich von ihren Freunden. Ich mich, indem ich freudig mit dem Schwanz wedle. Der kleine Angsthase – immer noch auf Opas Schoss – winkt mir nun zum Abschied lässig zu und ruft: »Tschüs mein lieber Bobbely.«

Hä? Zu Anfang ein solches Kasperletheater und nun diese Verabschiedung! Da verstehe mal einer – auch wenn sie noch so klein sind – die Frauen!

Bevor meine Menschen Bescherung unter dem Weihnachtsbaum spielen, mampfen sie Lachs auf Toastbrot. Zwiebelringe, Kapern und Meerrettichschaum dürfen auf keinen Fall fehlen. Ich hoffte inbrünstig, dass sich die Herrschaften bei den Zwiebeln etwas zurückhalten. Dazu trinken sie teuren »Schampus«. Frauchen schlürft gerade mal ein Gläschen, Herrchen langt hingegen tüchtig zu und bekommt davon glasige Augen. Und je später der Abend, desto undeutlicher wird seine Aussprache! Frauchen verdreht darob öfters die Augen. Leider bekomme ich vom Lachs nicht das kleinste Fitzelchen ab. Er ist angeblich zu salzig für mich! Würde irrsinnig gerne davon kosten und selber entscheiden, ob das wirklich so ist. Aber nein, ich bekomme nichts und muss mit meinem üblichen Frass – Weihnachten hin oder her – vorlieb nehmen.

Endlich ist es so weit, die Bescherung beginnt. Erwartungsvoll hocke ich unter dem Weihnachtsbaum und schaue mit staunenden Augen auf das erste Geschenk, welches mir das Christkind (wer's glaubt) gebracht hat. Ungeduldig mache ich mich ans Zerrupfen des Papiers. Hervor kommt eine Büchse, gefüllt mit superben Hunde-Cantuccis. Die sind so etwas von lecker, dass sie bestimmt jedes Hundeherz höher schlagen lassen! Meines auf jeden Fall! Die Cantuccis sind ein Geschenk von meiner Patentante. Von meinen Menschen bekomme ich ein Balli, das ich mir so sehr gewünscht habe. Mit so einem spiele ich immer bei meiner Friseuse. Wenn ich an sie denke, komme ich ins Schwärmen. Sie hat nämlich ein bisschen Ähnlichkeit mit Bella Italiana, in die ich in den Ferien unsterblich verliebt war. Darum gehe ich auch so gerne zum Haare schneiden!

Herrchen bekommt von Frauchen eine Winterjacke geschenkt. Die trägt er allerdings schon seit Wochen, obwohl er beim Kauf nur herummotzte. Der Sturkopf war nämlich der Meinung, dass er keine warme Jacke braucht! Weiter schenkt sie ihm ein Buch, das »von einem Hundertjährigen, der aus dem Fenster stieg und verschwand« handelt. Hoffentlich nimmt er sich den alten Knacker nicht als Vorbild. Nein, da brauche ich eigentlich keine Angst zu haben. Herrchen ist nämlich nicht mehr so sportlich, um aus einem Fenster klettern zu können. Er bekäme das höchstens hin, wenn es im Parterre liegen würde. Und er bekommt noch eine Flasche Cognac, den er besonders gerne mag. Weiss zwar nicht, was das ist, aber es muss was Süffiges sein, weil seine Augen wie Sterne leuchten, als er den Jahrgang des edlen Gesöffs erblickt.

Frauchen hat indes kein einziges Geschenk zum Auspacken! Sie tut mir fast ein wenig leid. Die Fotokamera, die sie von Herrchen bekommen hat, ist auch schon seit einigen Wochen in Gebrauch. Und weil sie übrigens von der neuen Kamera total begeistert ist, muss ich nun noch mehr als Fotomodell herhalten! Für ein Foto musste ich sogar eine lächerliche rote Santa-Claus-Mütze mit weisser Bommel anziehen. Nach drei Mal üben und vielen Leckerlis war das Bild im Kasten. Frauchen hat dann an alle Freunde eine Weihnachtskarte mit mir als Santa-Claus verschickt. Und die hätten mich mit Bommel-Mütze herzallerliebst gefunden! Zu meiner Schande muss ich gestehen, dass Frauchen mir sogar eine Narrenkappe oder sonst ein lächerliches Ding aufsetzen könnte und ich würde stillhalten. Und dies wegen ein paar lausigen Leckerlis! Dafür verachte ich mich manchmal. Natürlich findet sie auch, dass ich mit dieser Mütze extrem niedlich aussehe! Und ich finde, ich sehe dämlich, dümmlich oder einfach nur doof aus. So, wie die meisten Weihnachtsmänner eben aussehen!

Wir sind nun so richtig schön am Feiern als Frauchen plötzlich sagt: »Mir einen Fotoapparat zu Weihnachten zu wünschen, ist ja wohl die dümmste Idee, die ich je hatte.«

Herrchen liess ihre alte Kamera nämlich zwei Mal fallen. Das zweite Mal war dann ein Mal zu viel. Die Nahaufnahmen waren danach nicht mehr gestochen scharf, sondern verschwommen, nebulös oder kurz gesagt, unscharf! Frauchen war wegen Herrchens Tollpatschigkeit ziemlich wütend. Und mit einem wütenden Frauchen ist in der Regel nicht gut Kirschen essen. Sie kann nämlich manchmal eine ganz schöne Xanthippe sein. Herrchen müsste das eigentlich wissen. Doch er beharrte weiterhin stur, dass die Nahaufnahmen wie immer seien und von unscharf könne keine Rede sein! Und wenn, dann würde sie vielleicht beim Abdrücken mit der Kamera wackeln.

«Wer ist die Fotografin, du oder ich?«, schnauzte sie ihn an.

Der Streiterei irgendwann überdrüssig, kam Frauchen dann auf die Idee, sich einen Fotoapparat zu Weihnachten zu wünschen. Und unter dem Weihnachtsbaum ist sie nun plötzlich der Meinung, dass der Fotoapparat gar kein richtiges Geschenk ist. Er ist lediglich ein Ersatz für denjenigen, den Herrchen zerdeppert hat! Und es gilt seit jeher, was Man(n) kaputt macht, muss er ersetzen! Herrchen ist nämlich Weltmeister im Kaputtmachen! Er hat halt einfach zwei linke Hände. Nicht meine Worte, sondern Frauchens! Ob der Fotoapparat nun wirklich ein Geschenk ist oder nicht, da werden die beiden wohl noch länger geteilter Meinung sein. Frauchen wird sich aber bestimmt anderswie schadlos halten. Sie hat nämlich bereits etwas im Köcher! Da ich aber kein Plappermaul bin, halte ich meine Schnauze und schweige wie ein Grab. Nur so viel: Herrchen soll sich schon mal warm anziehen!

Irgendwann lassen meine Menschen dann den Heiligabend ausklingen. Ich bin vom ganzen Weihnachtstrubel (plärrende Heulsuse, Fussboden akribisch abgeschnüffelt, sämtliche Brosamen zusammengeklaubt, Geschenkpapier zerfetzt, Hunde-Cantuccis gemampft, mit dem neuen Balli gespielt, keinen Lachs bekommen und und und) hundemüde und will nur noch in mein Körbchen und schlafen. Allerdings wird mein Schlaf noch dreimal in dieser »besinnlichen Nacht« heftig gestört. Rundum hatten alle Nachbarn Besuch. Als die Gäste sich mitten in der Nacht verabschieden, geht es etwa nicht leise und dezent auf unserer Strasse zu, sondern laut und ordinär. Angeheitert labern sie dummes Zeug, grölen in der Weltgeschichte herum und lachen überlaut und schrill. Autotüren werden zugedonnert und beim Wegfahren wird auch noch übermütig gehupt. Da haben wohl einige ebenfalls zu tief ins Glas geschaut. Möchte zu gerne wissen, wie viele Besoffene die Polizei in dieser Nacht hinter dem Steuer erwischt. Aber wahrscheinlich sind die Hüter des Gesetzes selbst am Bechern! Ob all des Lärms kann ich nicht mehr einschlafen und werde dadurch stinksauer. Meinem Unmut mache ich lautstark Luft, indem ich giftig, sehr giftig, ja nahezu hysterisch belle. Was wiederum die Nachtruhe meiner Menschen stört. Aber das ist mir völlig schnuppe! Wenn ich nicht schlafen kann, sollen sie es auch nicht können. Jawohl! Und die Ermahnung: »Sei ruhig, Bobby«, ignoriere ich. Von wegen, stille Nacht, heilige Nacht!

Tags darauf wollen meine Menschen am Abend ein leckeres Fleisch-Fondue essen. Dazu gibt es auserlesene Sossen aller Art, in die man die im Öl gebratenen Rindsfiletwürfel eintunkt. Deliziös! Da bekomme ich ganz bestimmt auch etwas ab. Aaahhh, ich freue mich darauf! Zuerst gehen Herrchen und ich aber noch auf einen langen Spaziergang, damit wir einen richtig grossen Hunger mit nach Hause bringen. Offen ist, ob Herrchen heute zum Essen auch wieder Schampus hinter die Binde kippt. Dieser (der Schampus, nicht Herrchen) hat übrigens viele Sauerstoffbläschen, und davon musste er unter dem Weihnachtsbaum mehr als einmal laut rülpsen. Was auch nicht gerade die Art des feinen Mannes ist, oder? Was er sonst noch musste, da schweigt einmal mehr des Sängers Höflichkeit! Ich sage nur: »Zwiebeln«! Es ist noch nicht Essenszeit, doch ich sehe schon jetzt vor meinem geistigen Auge, wie Frauchen ihm heute Abend bei Tisch giftige Blicke zuwirft, damit er nicht wieder zu tief in Glas schaut! Bin ja mal gespannt, wie dieses Duell ausgeht.

Um dem letzten Feiertag noch die Krone aufzusetzen, lassen mich meine Menschen heute Abend alleine. Sie gehen nämlich »vornehm« tafeln, in ein Lokal mit angeblich toller Weihnachtsdekoration und Hundeverbot. Dort werden sie sich mit einem Mehrgänge-Menu die Bäuche vollschlagen. Hoffentlich schlagen ihnen die vielen Kalorien auf die Rippen! Ich freue mich immer tierisch, wenn sie auf die Waage steigen und diese zu viel anzeigt. Beide brechen dann in ein lautes Gejammer aus. Finde es übrigens gar nicht nett, dass ich allein zu

Hause bleiben muss. Herrchen sagt beim Abschied, dass er nach seiner Rückkehr – so quasi als Wiedergutmachung – mit mir einen Mitternachtsbummel machen wird. Als ob das ein Trost für mich ist! Es ist nämlich draussen saukalt und ich habe keine Lust, zu nächtlicher Stunde um die Häuser zu ziehen, um mir meinen Popo abzufrieren. Aber dies wird ihn wenig kümmern, da er wahrscheinlich zur vorgerückten Stunde und mit einer Menge Alkohol im Blut vergessen hat, dass mein Geburtsort in südlichen Gefilden liegt.

Als ich am Abend dann »tatsächlich« alleine bleiben muss, ist mir langweilig. Und so nehme ich das Balli, welches mir das Christkind (!) gebracht hat, akribisch genau in Augenschein. Danach bin ich neugierig auf die Füllung. Das Balli ist nun hinüber, kaputt, futsch! Als Frauchen dies entdeckt, hat sie mich nicht gerade mit Kosenamen bedacht! Sonst bin ich nämlich immer ihr »Lompesäckeli« oder ihr »Spätzli«. Da Frauchen jedoch im Moment erbost ist, bin ich nun weder das eine noch das andere für sie! Was mich aber wenig kratzt, denn schon bald beginnt ein neuer Tag.

Puderzucker

Krieche zeitig aus den Federn. Danach pfote ich – wie gewohnt – an Herrchens Bett und stupse ihn mit der Nase an. Doch die olle Schlafmütze lässt sich nicht so leicht aufwecken. Er will noch weiter pennen. Ich gebe jedoch keine Ruhe, bis er endlich von der Stupserei oder meinem nassen Zinken genug hat und murrend aufsteht. Doch heute kommt er nicht so richtig in die Gänge, also helfe ich ein wenig nach, indem ich ihm meinen Kauknochen zwischen die Füsse werfe. Doch, ganz Morgenmuffel, geht er nicht darauf ein. Welch Spielverderber!

Nachdem er endlich angezogen ist, gehen wir hinaus. Doch ich bleibe im Vorgarten mit ungläubig weit aufgerissenen Augen stehen. Denn alles liegt unter einer weissen Decke. Vorsichtig wage ich dann einen ersten Schritt. Oh Schreck, das fühlt sich unter meinen Pfoten aber verdammt kalt an! Und dann will ich unverzüglich wissen, wie das Zeug schmeckt. Lecke also daran und meine Zunge erstarrt augenblicklich in einem Kälteschock. Jetzt ist mir die Lust am Gassigehen gründlich vergangen und ich mache postwendend kehrt und will zurück in die warme Stube. Mein morgendliches Geschäft kann warten.

»Wegen ein bisschen Schnee und Kälte brauchst du nicht gleich ein Weichei zu sein«, sagt Herrchen.

Hallooo, ich bin ein Südländer! Schnee ist für mich eine ganz neue Erfahrung. Also darf ich ruhig eine Runde erstaunt sein, oder?

»Und friss ja nichts davon. Sonst bekommst du schlimmes Bauchgrimmen oder sogar Dünnpfiff!«, ermahnt mich Herrchen.

Ja, ja. Erneut mache ich ein paar Schritte und versinke danach bis zur Brust im kalten Nass. Brrrrr! Doch als sich meine Pfoten allmählich an die Kälte gewöhnt haben, marschieren Herrchen und ich dann zügig Richtung Robi Dog. Und dann mache ich übermütig erste, kleine Hüpfer im Schnee und dieser wirbelt wie Puderzucker hoch. Ein unbeschreibliches Gefühl! Je länger wir unterwegs sind, umso toller finde ich die weisse Pracht. Ich rase nun auf der zugeschneiten Strasse rauf und runter. Will gar nicht mehr damit aufhören. Herrchen brummelt: »Kack endlich, denn ich habe langsam kalte Füsse und steife Ohren und zudem noch kein Frühstück im Bauch.«

Wer ist hier nun das Weichei? Folgsam hocke ich mich also hin und tue, was getan werden muss. Auf dem Rückweg hebe ich zigmal mein Bein. Und hinterlasse so, im jungfräulichen Neuschnee, gelbe Pissspuren. Zurück in der warmen Stube, wartet Frauchen mit dem Frühstück, das sie heute ausnahmsweise zubereitet hat, auf uns. Das ist ja ganz was Neues! Hauptsache, ich bekomme endlich etwas zwischen meine Zähne. Ausgehungert und gierig stürze ich mich auf mein Futter und fresse in Windeseile ratzeputz alles auf. Danach ziehe ich mich in mein Körbchen – heute ohne spezielle Aufforderung – zurück und döse vor mich hin. Und meine Menschen können derweil in Ruhe ihre Brötchen vertilgen, den ersten Kaffee des Tages geniessen und die Zeitung lesen.

Im Verlaufe des Nachmittags gehen Herrchen und ich auf einen langen Marsch. Frauchen bleibt lieber in der warmen Stube. Sie mag die Kälte nämlich nicht. Noch ein Weichei! Gehen ist eigentlich nicht korrekt. Ich gehe nämlich nicht, ich renne wie bereits am Vormittag die ganze Zeit verrückt im Schnee herum. Ich kann davon fast nicht genug kriegen. Zwischendurch sprinte ich mit einer Rehpinscher-Dame durch die Gegend. Die hat aber bald genug vom kalten Nass. Sie friert erbärmlich. Mimose! Ich hingegen spüre die Kälte nicht mehr, die Freude überwiegt. Dann tolle ich noch eine Weile mit einem Dalmatiner durch den Schnee. Gottlob hat er schwarze Punkte, so verliere ich ihn nicht aus den Augen. Zu Anfang unseres Spaziergangs gab Herrchen unfreiwillig eine humoristische Einlage zum Besten. Wir stiegen aus dem Auto, liefen ein paar Meter und Platsch, da lag er auf dem Boden. Erschrocken murmelte er: »Verflixt, ist das arschglatt!«

Während er sich aufrappelte, konnte ich nur mit Mühe ein Kichern unterdrücken. Gottlob hatte er sich nicht verletzt. Ich darf mir gar nicht ausmalen, was hätte geschehen können. Herrchen, infolge seines Missgeschickes, mit einem Bein oder einem Arm im Gips oder, noch schlimmer, mit einer lächerlichen Halskrause. Das wäre der reinste Horror für mich. Denn dann wären unsere ausgedehnten Spaziergänge für längere Zeit Geschichte. Frauchen würde bestimmt nicht so oft und so lange mit mir Gassi gehen. Die hätte gar nicht die Zeit dafür. Ich habe mich nach diesem peinlichen Zwischenfall übrigens umgeguckt und gehofft, dass niemand gesehen hat, wie Herrchen ungeschickt auf dem Allerwertesten landete. Auch wenn schlussendlich niemand in der Nähe war, blamabel war es allemal. Als wir uns auf dem Rückweg wieder der vermaledeiten Stelle nähern, kommt mir automatisch Herrchens Sturz in den Sinn und ich denke, hoffentlich fällt der Tollpatsch nicht wieder hin. Noch nicht zu Ende gedacht, macht es erneut Platsch, und da liegt er wieder. Irre! Ist das denn zu glauben, fliegt der schusselige Kerl am gleichen Ort wieder auf den Sack. Also, manchmal frage ich mich, ob Menschen tatsächlich intelligenter sind als Tiere. Wie kann Man(n) nur so blöde sein? Einmal flachliegen geht ja noch, aber zwei Mal und dann noch an derselben Stelle, dafür findet Hund schlicht keine Worte! Beim Aufrappeln flucht Herrchen erneut über die Arschglätte. Offenbar hat er beim Zurückgehen weder an seinen Sturz noch an die vereiste Stelle gedacht. Wahrscheinlich hat er es schlichtweg vergessen. »Altbeimer« oder so (?) lässt grüssen!

Zu Hause habe ich darauf gewartet, dass er Frauchen von seinem Malheur erzählt. Da kann ich lange warten. Er schildert ihr lediglich meine ausgelassene Rumraserei und meine immense Freude am Schnee. Über seinen Sturz verliert er kein Wort. Und warum? Weil Herrchen weiss, dass Frauchen dann wegen seinem Schuhwerk motzen würde. Denn dieses ist schlicht und einfach für Schnee und Eis ungenügend. Im Winter in Schuhen mit Ledersohlen rumzulaufen ist wahrlich unklug. Eigentlich ist es sogar dumm. Da habe ich es doch um einiges besser. Meine Pfoten sind für alle Wetterlagen geeignet! Ob Herrchen wohl blaue Flecken davongetragen hat? Gerne wäre ich Zeuge, wie er diese Frauchen erklärt!

Heute war sowieso nicht gerade Herrchens bester Tag. Bevor wir am Morgen aus dem Haus gingen, musste Frauchen noch dringend eine Glückwunschkarte schreiben. Herrchen sollte sie unverzüglich zur Post bringen. Beim Kartenschreiben gibt sich Frauchen immer grosse Mühe und dementsprechend schreibt sie immens lange Texte. Sie ist der Ansicht, wenn man gerade mal nur zwei nichtssagende Sätze schreibt, kann man es gleich lassen. Frauchen hat übrigens eine blühende Fantasie (jedenfalls meistens) und glaubt deshalb, die geborene Schriftstellerin zu sein! Da ihr Talent aber anscheinend nicht zum Bücherschreiben reicht, tobt sie sich dafür beim Schreiben von Karten aus. Als diese dann endlich geschrieben war, musste Herrchen nur noch unterschreiben. Der war aber gerade mit der Einkaufsliste beschäftigt und anstelle seines Vornamens, schrieb er »Yoghurt« hin. Zuerst schaute Frauchen ungläubig auf seine Unterschrift und danach brach sie in schallendes Gelächter aus. Und dann zeigte sie ihm undamenhaft den Vogel! Auch er lachte Tränen, ob seiner Zerstreutheit. Ob das wirklich zum Tränenlachen ist, sei dahingestellt.

Über Nacht hat es erneut geschneit und die Landschaft liegt nun noch unter einer höheren Schneedecke. Kaum gefrühstückt, ziehen meine Menschen und ich schon früh los. Sie wollen nämlich »Spuren im Neuschnee« hinterlassen. Die beiden haben sich Klamotten übergeworfen, als ob wir eine Trekking-Tour auf den Himalaya machen würden. Herrchen »muss« trittfeste Winterschuhe anziehen. Geht doch! Und mir wird mein Regenmäntelchen übergezogen. Das heisst, Frauchen zwingt mich dazu, das lächerliche Ding zu tragen! Bei den Minustemperaturen bin ich dann allerdings doch froh darüber, genauso wie Herrchen über sein gutes Schuhwerk und seine warme Winterjacke, die er ja – gegen seinen Willen – zu Weihnachten bekommen hat. Die Schneeflocken fallen dicht und unaufhörlich vom Himmel. Innerhalb kürzester Zeit sind meine hellbraunen Kopfhaare, die mit modisch blonden Strähnchen durchzogen sind, klitschnass. Meine Frisur ist somit hinüber. Leider kann meine Nase heute unter all dem Schnee nur wenig Interessantes ausmachen. Und so muss ich zuerst mit den Pfoten ein Loch in den Schnee graben, um überhaupt etwas zu erschnüffeln. Was mir aber bald Eiszapfen zwischen den Zehen beschert und mich zum Hinken veranlasst. Herrchen meint daraufhin: »Du bist selber schuld, hör einfach mit dieser doofen Buddelei auf.«

Also wende ich mich eiligst den Bäumen zu, wo allerdings keine Nachrichten auf mich warten. Nehme an, dass die kältescheuenden Penner noch in ihren Körbchen liegen. Aber jemand muss ja den Anfang machen. Und so pisse ich eifrig an jeden Baum und hinterlasse Mitteilungen. Heute halte ich mich jedoch kurz, da eben Eiseskälte herrscht. Und langsam fährt mir das dauernde Beinheben in die Knochen, und so lasse ich es dann doch lieber bleiben. Zudem hat es mich im hohen Schnee beim Markieren zwei Mal fast auf die Schnauze gehauen. Frauchen ist übrigens der Meinung, dass die gelben Flecken auf dem makellosen Weiss unappetitlich aussehen. Aber dies ist meine kleinste Sorge. Sie hat natürlich – was auch sonst – wieder ihren Fotoapparat dabei und erwartet doch tatsächlich von mir, dass ich mich ordentlich im Tiefschnee hinsetze. Habe es – Frauchen zuliebe – gemacht, aber mir dabei augenblicklich fast den Arsch abgefroren. Wahrscheinlich erwartete sie von mir noch, dass ich dazu Häschenstellung mache. Fertig lustig, da kann sie lange warten! Frauchen kann von mir aus knipsen, was und wen sie will, ich stehe ihr nicht mehr zur Verfügung. Irgendwann fotografiert sie meine Pfotenspuren im Schnee und singt dazu aus voller Kehle »zwei Spuren im Schnee …«! Hoffentlich ist niemand in der Nähe, der ihr Gejohle hören kann. Sie trifft nämlich keinen einzigen

Ton. Und was heisst hier übrigens zwei Spuren? Ich hinterlasse vier! Manchmal glaube ich, mein Frauchen ist ein wenig durch den Wind!

Weil es nun seit mehreren Tagen bitterkalt ist, muss für mich unbedingt ein Wintermäntelchen her. Also fahren wir zu meinem Lieblingsgeschäft. Will den Namen hier nicht nennen, sonst glaubt jeder, dass ich Schleichwerbung mache. Obwohl, wenn ich wüsste, dass ich dafür ein paar Säcke Leckerlis bekäme, würde ich davor nicht zurückschrecken. Wettbewerbsabkommen hin oder her! Es gibt jede Menge von Wintermäntelchen in allen Farben und Grössen. Wegen der Grössenbestimmung muss ich etliche anprobieren. Für's Stillhalten bekomme ich nach jeder Anprobe von der Verkäuferin ein Leckerli. Von mir aus hätte es noch stundenlang so weitergehen können. Schlussendlich sucht Frauchen eines in Rot mit schwarzer Bordüre aus. Modern, lässig und total schick sehe ich darin aus. Kann mich an meinem Spiegelbild fast nicht satt sehen. Herrchen steht jedoch fassungslos daneben und sagt geschockt und empört: »Nur über meine Leiche kommt diese Farbe in Frage. Bobby ist ein Männchen!«

Da Frauchen schon immer den Modegeschmack von Herrchen anzweifelt, weiss ich aus Erfahrung, dass er einmal mehr keine Chance hat, sich durchzusetzen. Die Verkäuferin wie auch Frauchen überzeugen ihn dann, dass der Hund von heute Rot trägt. Ich stimme den beiden voll und ganz zu. Wieso soll ein Mannsbild wie ich nicht einen roten Mantel tragen? Also kauft Frauchen dieses Prachtstück. Punkt! Und ich denke dabei, Herrchen sollte ein wenig vorsichtiger sein mit dem Spruch »nur über meine Leiche«!

Habe ich eigentlich schon erwähnt, dass Frauchen sehr modebewusst ist? Sie hat sich praktisch zeitgleich eine schwarze Winterjacke, dazu einen roten Schal und rote Handschuhe gekauft. Und so laufen wir zwei nun gemäss ihrem

Spleen Ton in Ton durch die weisse Winterpracht! Und weil wir so richtig fesch aussehen, verlangt Frauchen von ihrem Göttergatten, dass er von uns ein Foto macht. Seit sie die neue Kamera hat, muss sie ihn ständig nötigen, damit er sie überhaupt in die Hände nimmt. Das kommt vermutlich daher, dass er panische Angst hat, die neue Kamera auch wieder zwei Mal fallen zu lassen! Frauchen ist übrigens ziemlich frustriert, weil wir beide fast nie zusammen auf einem Foto sind. Also nimmt Herrchen den Fotoapparat widerwillig entgegen. Und Frauchen und ich posieren nun in schönster Manier. Dabei setzen wir unser hübschestes, jedoch etwas eingefrorenes Grinsen auf. Als er sich dann endlich bequemt, ein Foto zu machen, dauert es eine halbe Ewigkeit, bis er auf den Auslöser drückt. Und das bei diesen eisigen Temperaturen! Das Ergebnis ist dann katastrophal. Frauchen hat auf dem Foto keinen Kopf und ich keine Beine. Also muss Herrchen es nochmals versuchen. Frauchen ruft ihm Anweisungen zu, was jedoch auch nichts bringt. So schwer kann das doch gar nicht sein, denke ich. Es ist wahrscheinlich eher so, einmal unbegabt, immer unbegabt! Wir sind langsam unterkühlt und Frauchen schreitet zur Tat. Sie bittet einen wildfremden Mann, von uns ein Foto zu machen. Es wird auf Anhieb ein super Bild. Frauchen bedankt sich überschwänglich bei dem Mann und klimpert dazu mit den Wimpern. Er klimpert zurück! Uiii, bahnt sich da was an?

Wieder daheim muss Herrchen nochmals weg und zwar ohne mich. In der Regel liege ich dann trübsinnig und gelangweilt herum. Heute jedoch nicht. Frauchen hat kalte Füsse und beschliesst, eine heisse Dusche zu nehmen. Der geneigte Leser weiss vielleicht noch, dass es mir verboten ist, die Nasszellen zu betreten. Frauchen will ja eben nicht in jedem Raum Haare von mir! Sie geht also unter die Dusche. Mir ist langweilig, also was ist naheliegender, als die geheiligten Hallen nun ungehindert zu betreten. Sie steht also splitterfasernackt und voller Badeschaum unter der Brause, erfreut sich am heissen Wasser und bemerkt mich die längste Zeit nicht. Ich lasse mich derweil gemütlich nieder und gucke ihrem Tun fasziniert zu. Als sie mich dann endlich erblickt, kommt das Donnerwetter.

»Bobby, raus. Du weisst ganz genau, dass dieser Raum für dich tabu ist! Du unartiger Hund, du!«

Ja, weiss ich doch! Aber was willst du im Moment dagegen tun? Etwa klitschnass und voller Schaum aus der Dusche steigen und mich rausschmeissen? In diesem Augenblick wird ihr klar, dass sie am kürzeren Hebel sitzt. Und so bleibe ich seelenruhig liegen. Sie hingegen zetert weiter vor sich hin. Doch dies beeindruckt mich überhaupt nicht. Hauptsache, ich gehe am Ende als Sieger vom Platz. Kurz bevor die Nackedei-Show vorbei ist, verlasse ich hocherhobenen Hauptes das Badezimmer respektive den Ort des Geschehens. Und vergesse auch nicht, ihr einen Blick über die Schulter zuzuwerfen, der ihr schadenfreudig kundtut: Für einmal habe ich dich überlistet!

Als sie trockengerubbelt ist, kommt sie mit erhobenem Zeigefinger zu mir und will mich weiter ausschimpfen. Da Hunde angeblich ein mieses Gedächtnis haben, ziehe ich nun alle Register. Schaue sie mit arglosem Blick an. Oh je, hab ich etwas falsch gemacht, fragen meine grossen, unschuldsvollen Augen. Und um meine Unschuld noch zu untermauern, stelle ich meine Ohren in Schräglage, was äusserst liebenswert aussieht und wedle dazu freudig mit meiner Rute, als ob ich kein Wässerchen trüben könnte. Ob sie mir mein Theater abnimmt, weiss ich nicht. So wie ich Frauchen jedoch kenne, lässt sie sich nicht so leicht täuschen und wird vermutlich – um meinem Ungehorsam entgegen zu wirken – künftig nur noch mit geschlossener Badezimmertür duschen.

Bunte Sterne fallen vom Himmel

Meine Menschen sind schon den ganzen Tag extrem gut drauf. Selbst meine Erziehung scheint heute Nebensache zu sein. Was ich natürlich schamlos ausnutze! Je näher der Abend rückt, umso mehr spüre ich eine fiebrige Vorfreude. Frauchen schäumt geradezu über vor guter Laune. Und dann zieht sie sich für sehr, sehr, sehr lange ins Badezimmer zurück. Sie donnert sich für heute Abend auf! Das bedeutet, sie wird einmal mehr ihr Gesicht bis zur Unkenntlichkeit anmalen und die Haare danach mit Gel in eine unmögliche Form bringen. Ich kann einfach nicht verstehen, wieso sie sich damit immer so viel Mühe macht, zumal es – wie auch schon erwähnt – eigentlich nichts bringt! Nachdem ihr Kunstwerk (Picasso hätte seine helle Freude daran) vollbracht ist, zwängt sie sich in ein pinkfarbenes Paillettenkleid, passend zu den pinkfarbig bemalten Augenlidern. Dadurch schaut sie nun wie ein Paradiesvogel aus!!! Könnte ich lachen, ich würde in schallendes Gelächter ausbrechen! Herrchen, der zum Schönmachen gerade mal fünf Minuten braucht, wirft sich in einen mitternachtsblauen Anzug. Dazu muss er sich eine pinkfarbene Fliege, passend zu Frauchens Kleid, umbinden. Dabei verzieht er sein Gesicht und gibt Geräusche von sich, als ob er gleich ersticken würde. Ich wundere mich, wieso er dieses Ding – wenn es ihm solche Schmerzen bereitet – überhaupt anzieht. Beide sind nun zurechtgemacht, das heisst, sie stehen im Vollwichs da und verkünden feierlich, heute ist Silvester. Hä? »Den Jahreswechsel werden wir mit unseren besten Freunden feiern.« Die Aussicht, alleine zu bleiben und Trübsal zu blasen gefällt mir gar nicht. Also gucke ich meine Menschen, durch meine langen Wimpern hindurch, mitleidheischend und tieftraurig an. Vergesse dabei auch nicht, meine Augenbrauen drollig auf und ab tanzen zu lassen. Denn diese Masche zieht immer.

»Bobby, du kannst mit dem Theater aufhören, du darfst mit«, sagt Herrchen.

Da schlägt meine Stimmung von betrübt in freudig erregt um. Und nun werde auch ich fein herausgeputzt. Herrchen bürstet mein Fell, bis es wie Seide glänzt. Danach zieht er mir – Sie ahnen es – das pinkfarbene Halsband, passend zu Frauchens Kleid und seiner Fliege, an. Und die Leine in derselben Farbe liegt auch schon parat. Mann, oh Mann, muss das sein? Wir Kerle in Pink! Wir sind bestimmt der Brüller des Abends! Wundere mich echt, dass Frauchen nicht merkt, dass Ton in Ton angezogen zu sein, phantasielos, langweilig (Gähn) und erst recht völlig out ist.

Die Freunde wohnen ganz in der Nähe und deshalb laufen wir dorthin. So gibt es wenigstens keine Diskussion, wer am Ende des Abends mit dem Auto nach Hause fährt. Wenn wir mit dem Auto zu einer Fete fahren, ist in der Regel immer Frauchen die Chauffeuse. Sie hat sich deswegen schon öfters beschwert.

»Bin ich eigentlich deine Chauffeuse auf Lebzeiten?«

Sie trinkt nämlich – im Gegensatz zu Herrchen – nur wenig Alkohol. Und so ist es halt ihr verdammtes Pech, dass sie jeweils zu vorgerückter Stunde noch fahrtüchtig ist. Ich bin allerdings megafroh darüber. Bei ihrer vorsichtigen Fahrweise wird mir wenigstens nie schlecht. Und am Morgen danach hat sie dann weder einen Brummschädel noch sieht sie verkatert aus! Was man vom werten Hausherrn nicht behaupten kann!

Bei den Freunden angekommen, die mich übrigens »Geuggel« nennen (habe keinen Schimmer wieso), werden zuallererst die Gastgeschenke übergeben. Dann zur Begrüssung Küsschen links und Küsschen rechts ausgetauscht. Ich hüpfe an den Gastgebern hoch und verteile ebenfalls feuchte Küsschen. Die wischen sich danach aber angewidert das Gesicht ab. Ob dieses unhöflichen Benehmens bin ich nun ein wenig stinkig. Dadurch ist es mir auch scheissegal, dass ich der Gastgeberin eine Laufmasche im schwarzen Seidenstrumpf beschert habe, die nun unansehnlich das Bein hinunterwandert! Bevor die Menschen sich setzen, bestaunen sie gegenseitig ihre Outfits und machen sich Komplimente. Frauchen heimst mit ihrem Paillettenkleid viel Lob ein. Auch die Fliege von Herrchen wird anerkennend bewundert. Bei so viel Heuchelei müssten die Menschen eigentlich achtgeben, nicht auf ihren Schleimspuren auszurutschen. Mir hingegen macht niemand ein Kompliment, trotz meines pinkfarbenen Zubehörs! Endlich gehen die Menschen zu Tisch. Meine Kuscheldecke wird auf den Boden daneben platziert. Somit habe ich den vollen Überblick. Und dann geht das grosse Fressen los. Meine Menschen rühmen die Kochkünste des Gastgebers (hier steht tatsächlich der Hausherr am Herd) und betonen immer wieder, wie lecker alles schmeckt. Herrchen lobt vor allem den feinen Wein! Und dann passiert etwas, was nicht hätte passieren dürfen. Herrchen bekleckert sich. Ein undefinierbarer, gelbbrauner Spritzer ziert die neue pinkfarbene Fliege! Frauchen verkneift sich jeden Kommentar. Sie will wahrscheinlich die festliche Stimmung nicht trüben. Unter vier Augen hätte es bestimmt ein Donnerwetter gegeben!

Als die Schlemmerei endlich vorbei ist, spielen die Menschen Skat. Sie müssen sich ja irgendwie die Zeit bis Mitternacht vertreiben. Ich döse währenddessen vor mich hin. Richtig schlafen kann ich jedoch nicht, weil sie in ihrem Spieleifer ziemlich viel Lärm machen. Irgendwann steht der Gastgeber auf, um eine Flasche Schampus zu öffnen. Zuerst gibt es einen lauten Knall und gleichzeitig donnert der Korken wie ein Wurfgeschoss gegen die weisse Decke. Und dort hinterlässt er einen gelbbraunen Flecken! Auch hier bleibt das Donnerwetter aus. Die holde Weiblichkeit scheint heute Abend friedlicher Stimmung zu sein. Unvermittelt stehen die Menschen dann vom Tisch auf. In den Händen halten sie Gläser, gefüllt mit edlem Gesöff (Ausdruck von Herrchen). Dann schlägt die Kirchenturmuhr zwölf Mal. Die vier fallen sich überschwänglich in die Arme und wünschen sich einen guten Rutsch ins neue Jahr. Auch ich werde mit guten Wünschen und einigen Extra-Leckerlis bedacht. Nur Schampus bekomme ich keinen! Hätte nämlich auch gerne mal so richtig tüchtig gerülpst und die Augen verdreht, wie Herrchen es unter dem Weihnachtsbaum tat.

Und dann geht draussen ein riesiges Spektakel los. Zunächst fährt mir der Schreck tüchtig in die Glieder und ich bringe mich hinter Frauchen in Sicherheit. Doch die Neugierde obsiegt und ich komme mutig aus der Deckung hervor. Sehe dann viele bunte Sterne und güldene Kaskaden vom Himmel fallen. Dazu knallt und pfeift es, so dass mir schon ein wenig die Ohren klingeln. Doch der Krach bringt mich nicht wirklich aus der Fassung. Ein paar Feuerwerkskörper oder Böller, die zum Jahreswechsel in den Himmel geschossen werden, können einen ehemaligen Strassenhund nicht so schnell umhauen. Ich bin abgehärtet!

Mitternacht ist vorbei und die Menschen spielen weiter Skat. Und je später die Nacht, umso weinseliger die Stimmung bei den Herren der Schöpfung. Die Frauen müssen bereits in den ersten Stunden des neuen Jahres wieder gute Miene zum bösen Spiel machen! Allmählich bin ich hundemüde und will nach Hause. Also lege ich meine Vorderpfoten auf Frauchens Bein und schaue sie mit kleinen, übernächtigten Augen an. Sie nimmt mich dann – was sie auswärts sonst nie, wirklich nie tut – auf ihren Schoss. Daraufhin kuschle ich mich selig in ihre Armbeuge und schlafe augenblicklich ein. Irgendwann gegen

Morgen finden meine Menschen, dass es nun doch Zeit ist, nach dieser wundervollen Silvesternacht nach Hause zu gehen. Gott, bin ich froh! Mit blumigen Worten verabschieden sie sich. Ich bin dermassen müde, dass ich überhaupt keinen Bock habe, mich zu verabschieden. Zuhause lege ich mich sofort in mein Körbchen und falle augenblicklich in einen komatösen Tiefschlaf.

Nach einigen Stunden erholsamen Schlafes bin ich dann wieder ausgeruht und voller Tatendrang. Herrchen nicht! Er sieht müde und um Jahre gealtert aus. Tja, der Alkohol! Also gehen Fauchen und ich alleine auf den Neujahrsbummel. Die Landschaft liegt immer noch unter einer weissen Decke. Und ich tolle nach Herzenslust herum und nasche ab und zu vom Schnee. Ausnahmsweise werde ich von Frauchen deswegen nicht gerügt. Wahrscheinlich sind bei ihr auch noch nicht alle Lebensgeister wach. Oder sie will den ersten Tag im neuen Jahr in friedlicher Stimmung verbringen. Heureka!

Wir entfliehen der Kälte

Noch immer liegt meterhoher Schnee. Heute ist ein Tag, da möchte ich mein Körbchen am liebsten nicht verlassen. Das Wetter drückt auf meine Stimmung und darum will nicht einmal Gassi gehen. Habe schlicht die Nase voll von dem lang andauernden Winter und der damit einhergehenden Scheisskälte. Meine trübe Stimmung verflüchtigt sich jedoch schlagartig, als in unseren vier Wänden wieder einmal fröhliche Aufbruchsstimmung herrscht. Meine Menschen wollen der Kälte entfliehen und ich darf mit. Wir fahren nach Südfrankreich, genauer gesagt, in die Provence. Den ganzen Februar werden wir dort verbringen.

Frauchen hat nämlich eine Kusine namens Flora, die in der Provence lebt. Und nun haben meine Menschen in ihrer Nähe eine Wohnung gemietet. Denn die zwei Frauen wollen wieder einmal mehr Zeit miteinander verbringen, weil sie sich viel zu erzählen haben. Ich bin zwar nur ein Hund, aber ich weiss, was dann abgeht. Frauchen und ihre Kusine werden sich vermutlich nonstop mit Nichtigkeiten die Ohren voll quasseln, bis ihre Köpfe rauchen und die Mundwinkel ausfransen. Sie werden zusammen endlose Einkaufmarathons unternehmen und dabei auch noch Zeit finden, über ihre Ehemänner zu lästern und Rivalinnen gnadenlos zu kritisieren (Stutenbissigkeit!). Und bei alledem werden sie auch noch den coolen »Gauloises-Typen« hinterhergeifern. Frauen haben eben ein Talent zum Multitasking!

Staune immer wieder, wie Männer und Frauen verschieden sind. Kerle sind in der Regel zu unbedarft oder naiv, um über ihre Ehefrauen oder Freundinnen herzuziehen. Das starke Geschlecht ist eher wortkarg, ausser wenn es um Sport oder insbesondere um Fussball geht. Rivalität untereinander ist für sie ein Fremdwort. Mit Vorliebe gehen sie jeder Auseinandersetzung aus dem Weg. Sie sind zu einfach gestrickt, um die Frauen überhaupt zu verstehen. Und sie hassen Einkaufen. Hätten die Kerle von heute eine Keule in der Hand, würden sie nach wie vor als Neandertaler oder Höhlenmenschen durchgehen. Was Männer und Frauen jedoch gemeinsam haben, sie gucken (ja, auch die Frauen!) gerne dem anderen Geschlecht hinterher und träumen davon, wie wäre es, wenn … Wie bin ich jetzt nur so abgeschweift?

Also zurück zur Abreise. Davor bekomme ich wie üblich ein Wursträdchen samt Tablette. Die Fahrt dauert nämlich über acht Stunden. Ich überstehe die lange Reise, die durch viele Pausen unterbrochen wird, gut. Das heisst, mir wird weder übel noch muss ich kotzen. Ist mit leerem Magen auch schwerlich möglich. Wasser darf ich trinken, so viel und so oft ich will. Aber davon geht das nagende Hungergefühl auch nicht weg! Da die Tablette auch eine beruhigende Wirkung hat, verschlafe ich so einen grossen Teil der Fahrt. Nur das laute Knurren meines Magens weckt mich zwischendurch auf.

Gemäss Frauchen soll auch ich während dieses Monats eine Menge Spass haben. Flora hat nämlich zwei Hunde. Es ist geplant, dass wir gemeinsam am Strand lange Spaziergänge unternehmen werden. Dort dürfen wir dann herumtollen und eben endlos Gaudi haben. Was jedoch Frauchen ihrer Kusine verschwiegen hat, ist, dass ich in der Regel grosse Hunde gar nicht mag. Sie sind mir schlicht nicht ganz geheuer. Ich wurde nämlich schon öfters von grossen Artgenossen unsanft angerempelt oder sogar umgestossen. Einer hat mir mal seine schwere Pranke dermassen auf meinen Rücken gedonnert, dass meine Beine unter mir nachgaben und danach lag ich wie eine flache Flunder am Boden. Auf solche Erlebnisse kann ich gut und gerne verzichten.

Als wir dann endlich in Bandol ankommen, sind wir von der langen Fahrt ziemlich geschafft. Wenigstens ist die Ferienwohnung hübsch und bietet einen tollen Ausblick auf's Meer hinaus. Gottlob ist die Terrassenbalustrade aus Glas, so kann ich meiner Neugierde ungehemmt nachgehen. Einmal neugierig, immer neugierig! Ich liege während dieser vier Wochen stundenlang auf der Terrasse, lasse meinen Luxuskörper von der Sonne bescheinen (habe schliesslich Urlaub) und gucke dabei auf die Strasse runter. Beobachte Menschen, die freudlos ihre Hunde ausführen, Katzen, die auf leisen Pfoten Beute anschleichen, Möwen, die schreiend um einen Happen Brot streiten, verliebte Pärchen, die selbstvergessen knutschen, Frauen, die einparken (Ha, erwischt!) können und Männer, die am Strassenrand pissen. Igitt! Frauchen meint, ich komme ihr wie eine alte Tratschtante vor, die über das ganze Quartier Bescheid weiss. Wenn schon, dann bin ich ein junger Tratschonkel! Und übrigens, was ist daran so verkehrt?

Jeden Morgen – eine gewisse Routine hat sich auch hier eingeschlichen – nimmt mich Herrchen zum Einkaufen mit. Zu Fuss sind wir in zehn Minuten im Ort. Allerdings habe ich die ersten Tage ein immenses Problem. Die Leute reden in einer Sprache, die ich nicht verstehe. Herrchen hat dieses Problem anscheinend nicht, denn er parliert in den Läden mit allen Verkäuferinnen (vermutlich weil alle hübsch sind) extrem lange. Ich stehe derweil gelangweilt daneben, trete mir die Pfoten in den Bauch und verstehe kein Wort. Rein nichts, niente, nada, rien! Dabei war ich bis heute der felsenfesten Meinung, fremdsprachenbegabt zu sein. Immerhin bin ich auf Ibiza geboren und lebe nun in der Schweiz. Also bin ich schon mal von Haus aus zweisprachig. Habe mich anscheinend ein wenig selbst überschätzt! Eine der Verkäuferinnen streicht mir zärtlich über den Kopf und dabei sprudeln unaufhörlich Worte aus ihrem Mund, die für mich lediglich nach aneinandergereihten Hieroglyphen tönen. Als wir dann endlich aufbrechen, bin ich so was von erleichtert, dass ich auf dem Gehsteig Freudensprünge mache.

Da es angenehm warm ist, gehen Herrchen und ich nach dem Einkauf zum Strand. Es ist das erste Mal, dass ich Sand unter meinen Pfoten spüre. Tolles Gefühl! Ich renne deshalb übermütig auf und ab, buddle zwischendurch mit den Pfoten und der Nase Löcher in den Sand. Spiele mit jeder noch so kleinen Muschel. Habe immensen Spass dabei. Herrchen hat – dank mir – auch Spass. Er darf mir unermüdlich Stöckchen zuwerfen. Nach unserem ausgelassenen Spiel bekomme ich Durst. Also was liegt näher, als vom grossen Tümpel, der direkt vor meiner Nase liegt, zu trinken. Pfui Teufel! Das Wasser schmeckt scheusslich! Herrchen hätte mich wenigstens warnen können. Aber der ist im Moment anderweitig beschäftigt. Er glotzt – und dabei fallen ihm fast seine Glubscher aus dem Kopf – gerade einer geklonten »BB« hinterher. Nach dem Erlebnis mit dem Salzwasser (Herrchen hat mich mittlerweile aufgeklärt), habe ich die Schnauze gestrichen voll und will nach Hause. Und ich habe nun umso mehr Durst. Darum laufen wir zügig zurück in die Wohnung, wo Frauchen zwischenzeitlich etwas Leckeres à la Nouvelle Cuisine (sagt mir gar nix), auf den Teller gezaubert hat. Es war ein sogenannter kulinarischer Höhenflug, wie Herrchen nach dem Essen vermerkt und sich dabei wohlig über seinen Schmerbauch streicht. Ist das zu fassen, wie der Kerl Frauchen tüchtig Honig um den Mund schmiert. Ob so viel Honig müsste sie eigentlich misstrauisch werden. Wird sie aber nicht. Arme, naive Frau! Herrchen bezweckt damit doch nur, dass sie auch im Urlaub am Herd steht. Von der angeblich kulinarischen Köstlichkeit durfte ich natürlich nicht kosten. Auch fern der Heimat bekomme ich nur mein übliches Trockenfutter. Herrchens Rechnung geht dann doch nicht auf. Meine Menschen gehen nämlich während des ganzen Urlaubs regelmässig auswärts essen. Mindestens jeden zweiten Tag! Frauchen hat dies so bestimmt! Nach jedem Auswärtsessen (auch in Frankreich bekommt man nichts geschenkt) muss er meistens ziemlich tief in die Tasche greifen. Da er in der Regel mit seinen Tantiemen eher knauserig umgeht, schmerzt ihn vermutlich der stete Griff zum Geldbeutel gewaltig!

Nun ist der Tag da und ich soll Lori und Timo, die Hunde von Frauchens Kusine, kennenlernen. Unser erstes Treffen wird an einem weitläufigen Strand stattfinden, damit wir uns zuerst aus der Distanz beäugen, danach ausgiebig beschnuppern und hinterher ausgelassen spielen können. Kaum aus dem Auto gehüpft, stehe ich zwei Riesen gegenüber, die mich sofort bedrängen und anrempeln. Fertig lustig, nicht mit mir! Eiligst verstecke ich mich hinter den Beinen von Frauchen und zeige damit demonstrativ, dass ich mit denen nichts zu tun haben will. Sicherheitshalber kläffe ich noch wie wild in der Gegend herum. Schlicht, ich habe keinen Bock, mit diesen riesigen Viechern zu spielen. Ich weiss nun nicht, wer mehr enttäuscht ist? Kusine Flora, die von der romantischen Vorstellung träumte, wie wir gemeinsam am Strand der untergehenden Sonne entgegenschlendern oder Frauchen, die gerne einen Hund hätte, der mit jedem Artgenossen spielt, egal ob er gross oder klein ist. Oder Lori und Timo, weil sie niemanden zum Piesacken haben. Ich hingegen bin kein bisschen enttäuscht! Bin nur froh, dass dieses Treffen relativ schnell beendet ist! Herrchen, der derweil bei einem kühlen Drink den wunderschönen Sonnenuntergang von der Terrasse aus bewunderte, ist erstaunt, als Frauchen und ich so schnell zurück sind. Sie erzählt ihm ziemlich geknickt, dass zwischen uns Hunden keine grosse Sympathie, ja sogar Antipathie herrsche. Und ich sei ein Spielverderber! Herrchen lässt dies kalt. Er kann überhaupt nicht nachvollziehen, wieso Frauchen deswegen traurig ist. Und wieso sie wegen so einer Bagatelle einen solchen Aufstand macht, das versteht er schon gar nicht. Er ist manchmal ganz schön unsensibel!

Tags darauf sehe ich am Strand eine süsse Französische Bulldoggen-Dame. Mit der will ich hingegen sofort und unwiderruflich Freundschaft schliessen. Doch sie zeigt mir die kalte Schulter und versteckt sich – man glaubt es kaum – hinter den Beinen ihres Herrchens. Heisst, sie lässt mich kalt abblitzen! Ich bin darob ziemlich enttäuscht und frustriert. Ähnlich haben sich wohl auch die Hunde von Kusine Flora gefühlt! Ein wenig tut es mir nun doch leid, dass ich gestern ein solcher Angsthase und Spielverderber war. Aber dieses Gefühl hält nicht lange vor! Denn schon kommt die nächste vierbeinige Schönheit angetänzelt. Vielleicht spielt die mit mir? Tut sie jedoch auch nicht! Tja, heute ist anscheinend nicht mein Tag.

Meine Leute sind schon etliche Male in der Provence gewesen. Sie sind nun der Meinung, sie müssten auch mir Land und Leute näherbringen. Wie Menschen sich nur irren können! Da ich äusserst genügsam bin, wäre ich mit unserem Feriendomizil und dem weitläufigen Strand vollkommen zufrieden gewesen. Aber nein, sie schleppten mich während dieser vier Wochen überall hin. In Marseille flanierten wir durch die Altstadt und haben den alten Hafen mit den grossen Schiffen bestaunt. Dort sind wir drei Runden mit dem Riesenrad gefahren, was meinen Menschen Entzückensrufe hervorlockte, mir jedoch nur ein mulmiges Gefühl bescherte. Frauchen war dann natürlich noch an den Geschäften, die Designerklamotten verkaufen, interessiert. Kaum zu glauben!

Toulon ist – gemäss meiner Menschen – ebenfalls sehenswert mit den engen Gassen, den schönen, alten Häusern und dem ebenfalls schönen Hafen. Wo unter anderem ein Kriegsschiff ankert. Dieses hat vor allem das Interesse von Herrchen geweckt. Für mich jedoch sieht die eine wie die andere Stadt gleich aus. Sie unterscheiden sich höchstens im Gestank. Ein Ausflug an die Côte d'Azur durfte auch nicht fehlen. Cannes war einer der Höhepunkte. Wir sind die Einkaufsmeile rauf und runter geschlendert und Frauchen hat sich an jedem Schaufenster – wie schon in Marseille – die Nase plattgedrückt und geseufzt, weil die vielen tollen Sachen in den Auslagen schweineteuer sind. Also, für Frauchen unerschwinglich! Dann sind wir noch an der berühmten Croisette entlanggelaufen und haben die grossen Hotelkästen bestaunt sowie die teuren Yachten, die vor Anker lagen.

Jedes Frühjahr findet in Cannes ein Filmfestival statt. Stars und solche, die es gerne wären, stehen dann auf der berühmten Treppe vom Palais de Festival und setzen sich für die Fotografen und Gaffer in Szene. Und lassen sich dabei umjubeln. Natürlich musste ich mich unverzüglich auf die Treppenstufen, die mit einem roten Teppich belegt waren, hinsetzen. In einer Pose, die jedem Filmstar oder Sternchen zur Ehre gereicht hätte, sass ich schlussendlich auf der Treppe und Frauchen knipste wild drauf los. Dachte dabei, vielleicht werde ich von einem berühmten Regisseur entdeckt und mache dann wie »Lassie« Karriere! Aber im Februar ist es denen wohl zu kalt in Cannes! Also wurde es nichts mit dem Entdecktwerden und so lebe ich notgedrungen weiter als stinknormaler Hund!

Danach ging's weiter nach Saint Paul de Vence. Dort besuchten meine Menschen die Kunstausstellung von Picasso. Die beiden standen ehrfürchtig vor den Bildern und meinten, dass sie gerne so »ein Kunstwerk« auf dem Dachboden hätten, um es dann sofort zu verscherbeln. Um damit den grossen Reibach zu machen. Und ich finde die Bilder dermassen schräg und schrill, dass ich höchstens mein Bein daran heben würde. Danach ging die Fahrt weiter nach Grasse, dem Ort der Blüten und Düfte. Grasse ist bekannt für die Herstellung von Parfüm. Drei Mal darf der geneigte Leser raten, was Herrchen hier wortwörtlich »blühte«. Er musste Frauchen ein Parfüm schenken.

Der absolute Höhepunkt für meine Menschen (nicht für mich!) war der Besuch in Saint Tropez. Selbst als Vierbeiner muss ich zugeben, dass der Ort schon etwas Magisches hat. Darum zieht er wohl weltweit die Reichen und die Schönen an. Rund um den Hafen, wo selbstverständlich nur die grössten und schönsten Yachten ankern, gibt es viele Lokale. Die Touristen versuchen dort jeweils einen Tisch an vorderster Front zu ergattern, um die Yachtbesitzer – die sich natürlich rein zufällig auf Deck räkeln – besser sehen zu können. Dabei leistet sich Otto Normalverbraucher vielleicht einmal im Leben einen Hummer und schlürft edlen Champagner dazu. Und im Stillen ärgert er sich, weil in diesem Nobelort alles so schweineteuer ist. Das einzige, was man hier umsonst bekommt, ist ein Sonnenbrand!

Es ist ja wohl klar, dass Frauchen unbedingt einen Tisch an vorderster Front haben musste! Ich verzog mich lieber unter den Tisch in den Schatten und mampfte genüsslich einen Kauknochen. Yachten, und wenn sie noch so schön und gross sind, gehen mir am – Sie wissen schon wo – vorbei. Und Promis übrigens auch. Frauchen hat – man glaubt es kaum – am Nebentisch einen wirklich berühmten Regisseur erkannt. Der nahm aber keine Notiz von ihr. Sie war sicher ein wenig enttäuscht, denn sie hoffte ganz bestimmt – trotz ihres Alters – entdeckt zu werden. Ältere Frauen können für eine Filmrolle als Grossmutter sehr gefragt sein! Und warum nicht mein Frauchen? So schlecht sieht sie nun auch wieder nicht aus!

Wir besuchten dann noch die schönsten Orte in der ursprünglichen Provence. Haben demzufolge den Luberon bereist, wo im Sommer die Lavendelfelder in allen Violetttönen blühen. Im Februar gibt's da eigentlich nichts zu sehen. Ausser kahle Felder mit vereinzelten knorrigen und dürren Lavendelstauden. Wieso wir trotzdem hierher fuhren, ist mir schleierhaft. Zumal Frauchen in ihrem Garten auch Lavendel hat. Also was sollte dieser Ausflug? Dann machten wir noch einen Abstecher nach Aix en Provence. Wunderschönes, altes Städtchen, jedoch voller Souvenirläden. Herrchen und ich mussten uns den ganzen Tag lang in Geduld üben. Frauchen lief dort nämlich zur Höchstform auf. Jeder ihrer Freunde sollte ein provenzalisches Mitbringsel bekommen. Und dementsprechend lange dauerte ihre Einkaufsorgie.

Wir schlenderten an vielen wunderschönen Stränden entlang und besuchten unzählige Märkte. Und die meiste Zeit war uns der Wettergott hold gestimmt. Wenn Frauchen an den Marktständen entlang schlenderte, setzte sich Herrchen mit mir derweil in eines der vielen Strandlokale, liess sich von der warmen Sonne bescheinen und dachte dabei bestimmt an die armen Schweine, die zuhause den Winter aussitzen müssen. Und während er sich einen Pastis (Nationalgetränk) reinzog, ergötzte er sich dabei an den eleganten Französinnen und ich mich an den kessen Hundedamen, die vorbeidefilierten. Irgendwann stiess dann ein glückliches, mit vielen Taschen beladenes Frauchen zu uns. Was mir in Frankreich sehr gefallen hat: Ich durfte ausnahmslos in jedes Lokal. War immer willkommen. Die Franzosen mögen nämlich Hunde. Allerdings reicht bei den meisten die Liebe zu ihren Vierbeinern dann doch nicht so weit, dass sie deren Kacke von den Trottoirs aufheben. Die Zweibeiner müssen deshalb ständig aufpassen, dass sie nicht in Hundescheisse treten. Darüber haben sich meine Menschen sehr geärgert. Mich hat der Hundekot überhaupt nicht gestört. Im Gegenteil. Ich hätte gerne ab und zu davon genascht, denn es gibt – wie schon zigmal erwähnt – nichts Köstlicheres! Doch meine Menschen haben mich streng überwacht. Verflixt!

Heute treffen wir in Saint Cyr – das direkt am Meer liegt – wiederum Kusine Flora mit ihren Hunden. Um eine Rauferei zu vermeiden, werden wir drei an die Leine genommen. Flora führt Timo und Herrchen Lori an der Leine. Frauchen und ich laufen in gebührendem Abstand hinterher. Der Mann von Kusine Flora ist einmal mehr nicht von der Partie. Er soll – so habe ich gehört – ein etwas kauziger und eigenbrötlerischer Sonderling sein, der den ganzen Tag im oder ums Haus herumwerkelt. Oder er verbringt seine Tage im Olivenhain, um den grünen Dingern beim Wachsen zuzuschauen. Wenigstens überarbeitet er sich dabei nicht! Übrigens, Kusine Flora ist eine äusserst attraktive Blondine. Und erst noch eine mit Grips. Also kein blondes Dummchen! Ihr Angetrauter sollte sich in Acht nehmen und sie nicht immer alleine um die Häuser ziehen lassen. Denn es gibt sicher den einen oder anderen Charmebolzen, der bestimmt schon mal ein Auge auf sie geworfen hat oder es noch tun wird. Und vielleicht gehen mit Kusine Flora irgendeinmal »die Pferde« durch. Mir kann es ja egal sein. Aber der Sonderling sollte auf der Hut sein!

Und schon ist Mittag, meine Menschen und Kusine Flora haben Hunger, und so kehren wir in ein Strandrestaurant ein. In Frankreich dauern Restaurantbesuche in der Regel immer sehr, sehr lange. Seufz! Zuerst trinken die Menschen in aller Seelenruhe einen Apero und stopfen dazu allerlei Knabberzeug in sich hinein. Irgendwann wird dann ein fünf Gänge-Menü mit allem Drum und Dran bestellt und »das grosse Fressen« kann beginnen. Ich liege derweil unter dem Tisch und ob der herrlichen Gerüche, die meine Nase umschmeicheln, bekomme ich einen mordsmässigen Kohldampf. Was mir jedoch kredenzt wird, ist lediglich Wasser! Ich langweile mich fast zu Tode. Gähn! Darüber döse ich ein. Aber immer wieder schrecke ich auf, weil Lori und Timo dauernd Rabatz machen, wenn ein Artgenosse auch nur wagt – wohlverstanden in gebührendem Abstand – an ihnen vorbeizutrotten. Dann machen sie Terror ohne Ende. Dabei schnellen sie jeweils von ihren Plätzen hoch und knurren und bellen wie die Blöden. Einmal ist Lori dermassen aufgejuckt, dass sie mein Herrchen mitsamt seinem Stuhl mit sich riss. Dass er nicht auf den Boden plumpste, ist der Dame, die am Nebentisch sass, zu verdanken. Er machte nämlich eine Punktlandung auf ihr. Wortreich hat er sich danach bei der Dame entschuldigt und dazu ein betretenes Gesicht gemacht. Wieder zurück am Tisch, zog er dann allerdings ein langes Gesicht. Ich ahnte augenblicklich wieso! Er wäre bestimmt gerne auf eine junge, hübsche, nicht aber auf eine alte, hässliche Französin gefallen. Tja, Man(n) kann nicht alles haben! Frauchen hat sich während des ganzen Essens wegen Lori und Timo geärgert. Sie zog darob ein Gesicht, als ob sie in eine saure Zitrone gebissen hätte. Ich bin überzeugt, dass wir nicht mehr so schnell miteinander auswärts essen gehen! Hämisch denke ich: »Du wolltest ja unbedingt mehr Zeit mit deiner Kusine Flora verbringen. Da hast du es!«

Es ist früher Morgen und ich bin mit Herrchen bereits wieder am Stand. Wie gehabt renne ich rauf und runter, scheuche Möwen auf, wate ins Meer hinaus, um Fische zu jagen, balge zwischendurch freundschaftlich mit einer Spaniel-Dame. Ganz einfach, ich freue mich des Lebens. Autsch, Autsch! Ich Dödel! Bin mit der vorderen Pfote irgendwo hängen geblieben und habe mir dabei die fünfte Kralle ausgerissen. Es blutet! Ich hoffe, dass ich nicht in Ohnmacht falle. Kann nämlich kein Blut sehen. Herrchen anscheinend auch nicht! Er ist bereits grünlich um die Nase. Dabei schaut er mich hilflos an. Die einzige brauchbare Idee, die er dann hat, ist die, sofort mit mir nach Hause zu eilen. Denn Frauchen wird es richten. Sie ist meistens diejenige, die in brenzligen Situationen einen kühlen Kopf bewahrt. Und so ist es auch dieses Mal. Mitleiderregend hinke ich zur Tür herein und schaue sie von Schmerz gepeinigt an. Daraufhin untersucht sie meine Pfote und stellt fest, dass die Kralle nicht aus-, sondern nur ein »klein wenig« eingerissen ist. Damit es schnell heilt, schmiert sie mir eine ekelhaft riechende Salbe auf die Wunde. Daraufhin torkle ich auf drei Beinen in mein Körbchen. Die havarierte Pfote strecke ich demonstrativ in die Höhe. Dabei spiele ich die ganze Gefühlspalette eines mitleidheischenden Hundes rauf und runter. Mache ein riesiges Ding daraus.

»Bobby, hör mit deinem albernen Getue auf. So schlimm ist die Verletzung doch gar nicht, du theatralischer Hund«, sagt sie lachend.

Und dann wedelt sie mit einem feinen Knochen vor meiner Nase herum. Augenblicklich vergesse ich, dass ich schwer verletzt bin und hüpfe wie ein junger Springinsfeld aus dem Körbchen und renne zu ihr hin. Verflixt! Frauchen schmunzelt und Herrchen schüttelt den Kopf. Peinlich! Daraufhin schaue ich meine Leute mit einem ungläubigen und staunenden Blick an. Oh Herr, ein Wunder ist geschehen, ich bin geheilt!

Habe mir anscheinend den Magen verdorben. Musste nämlich die ganze Nacht kotzen. Zu allem Elend schimpft mich Frauchen noch aus, dass ich selber schuld bin, weil ich dauernd – wenn sie einen klitzekleinen Moment abgelenkt sei – Hundescheisse oder sonst was Ekliges fresse. Irgendwann ist mein Magen leer und ich würge nur noch eine stinkige, gelbe Brühe heraus. Gegen Morgen falle ich dann in einen unruhigen Schlaf, der mir Träume übelster Art beschert. Erwache später als sonst und krabble ziemlich geschwächt aus meinem Körbchen. Habe überhaupt keinen Bock auf Frühstück und verschmähe es deshalb, was meine Menschen nun doch etwas beunruhigt. Da ich ja sonst als Vielfrass verschrien bin, machen sie sich langsam ernsthafte Sorgen. Nach und nach kehren meine Lebensgeister jedoch zurück. Ich trinke eine Menge Wasser, was mir gut tut. Und meine Menschen zuversichtlich stimmt. Am späteren Vormittag macht sich Herrchen bereit, um mit mir – wie üblich – Gassi zu gehen. Und als ob die Nacht nicht schon schlimm genug gewesen wäre, kommt erneut Unbill über mich. Herrchen verfrachtet mich ins Auto schnallt mich an, schliesst die Türe und macht sich danach noch am Kofferraum zu schaffen. Plötzlich höre ich ein lautes Klicken. Das Auto hat sich – wie von Geisterhand – selbstständig verriegelt! Da der Autoschlüssel auf dem Fahrersitz liegt, weil der Einfaltspinsel ihn dort hingeschmissen hat, bin ich nun eingesperrt. Kopfloser Dussel – ich weiss – tönt etwas hart. Ist jedoch wahr.

Ein oder zwei Muster gefällig? Letzthin hatte sich Herrchen am Ringfinger den Nagel ganz tief eingerissen. Da führte er vielleicht einen Indianertanz auf! Winnetou hätte es nicht besser gekonnt. Und weil er anschliessend mit dem verletzten Finger immer wieder irgendwo anstiess, hat er ihn zum Schutz mit einer Mullbinde dick umwickelt. Zwei Tage ging alles gut. Am dritten ertönte erneut ein Wehgeschrei, weil er mit dem verletzten Finger wiederum irgendwo anstiess. Danach brach er allerdings in schallendes Gelächter aus. Erst da bemerkte er, dass er am Morgen beim Aufstehen den falschen Finger verbunden hatte. Nämlich anstelle des Ringfingers den Mittelfinger!!! Dusseliger geht wohl kaum, oder? Doch, das geht sehr wohl. Einmal stieg Herrchen aus dem Auto, schlug danach schwungvoll die Türe zu. Dabei hat er allerdings vergessen, seinen Kopf rechtzeitig zurückzuziehen. Blutüberströmt kam er dann zu Frauchen und liess sich von ihr verarzten. Die hat nur den Kopf geschüttelt und sich jeden Kommentars enthalten. Danach lief Herrchen über längere Zeit mit einem riesigen Pflaster oberhalb der Schläfe herum. Das sah vielleicht doof aus! Und wenn Sie glauben, ich übertreibe masslos, können Sie ja Frauchen fragen, sollten Sie sie einmal treffen.

Zurück zu meiner misslichen Lage im Auto. Herrchen steht nun bekloppt draussen, kratzt sich dabei den Kopf und ich sitze geschockt drinnen. Geschockt, weil alle Fenster geschlossen sind! Gottlob ist der Himmel heute bedeckt. Nicht auszudenken, wenn die pralle Sonne aufs Autodach knallen würde! Herrchen eilt dann – wohin auch sonst – zu Frauchen und sie muss (weil Herrchen vor Aufregung seine Französischkenntnisse vergessen hat) den Pannendienst anrufen. Gottlob behält sie die Nerven, um den Menschen dort meine prekäre Lage in »fast« fehlerfreiem Französisch zu schildern. Chapeau! Schlussendlich muss ich mich zweieinhalb Stunden gedulden, bis mich der Mann vom Pannendienst aus meiner misslichen

Lage befreit. Danach steht mir der Sinn nicht mehr danach, mit Herrchen Gassi zu gehen. Ich will lieber bei Frauchen in der sicheren Stube bleiben. Denn noch mehr Aufregung verträgt Hund heute nicht.

Am Nachmittag – nach dem unglückseligen Morgen – fahren wir zu einem Strand, wo man meilenweit am Meer entlanglaufen kann. Da mein Magen nun wieder völlig in Ordnung ist, spurte ich demzufolge in alter Frische den Strand rauf und runter und buddle im Sand nach imaginären Riesenmuscheln oder grabe unverdrossen nach Hundekegeln, die ich genüsslich mampfen könnte. Doch Frauchen passt wie ein Aasgeier auf. Merde! Anschliessend fahren wir zu einem Einkaufszentrum. Auch hier muss ich im Auto warten. Kaum sind meine Menschen weg, kommen drei Burschen (Käppi verkehrt herum an, Hosenbund in den Kniekehlen, Bierflaschen in den Händen) laut grölend daher gelatscht. Einer der drei guckt ins Auto, erblickt mich und fängt unvermittelt an, mit der flachen Hand an die Scheibe zu schlagen. Das lasse ich mir nicht gefallen und belle wie eine wild gewordene Bestie Richtung Generation »D«. Gleich Dumpfbacken! Doch je lauter ich belle, umso mehr schlagen nun alle drei an die Autoscheibe und schneiden dazu scheussliche Fratzen. Dazu lachen sie sich halb kaputt. Mittlerweile habe ich Panik und wünsche mir, dass meine Menschen zurückkommen. Irgendwann sind die Rotzlöffel des Spiels überdrüssig und schlendern laut lachend von dannen. Doch ich habe fürchterliche Angst, dass sie zurückkommen und zittre deswegen am ganzen Körper. Meine Menschen wundern sich nun, wieso ich seit diesem Erlebnis, wenn sich eine Person auf hundert Meter Entfernung unserem Auto nähert, wie ein Irrer anfange zu bellen. Frauchen kann sich keinen Reim darauf machen. Letzthin hat sich wiederum jemand dem Auto genähert und sofort stellten sich meine Nackenhaare auf und ich fing an, richtig, richtig giftig zu kläffen. Frauchen machte dann die Autotüre auf und fragte mich pikiert: »Hat dir ein Vogel ins Hirn geschissen?«

Erst da bemerkte ich den Irrtum. Die Person, die ich angekeift hatte, war das Spiegelbild von meinem Frauchen in einer Schaufensterscheibe. Ich verblödeter Blödmann! Gestern musste ich erneut im Auto warten. Da hat sich doch glatt eine riesengrosse Möwe erdreistet, auf dem gläsernen Schiebedach zu landen, um sich dort häuslich niederzulassen. Der hab ich's aber gezeigt. Bin vom Rücksitz Richtung Schiebedach wie ein Gummiball hochgeschnellt. Habe zuerst geknurrt und als dies nichts brachte, wie ein Irrer überlaut gekläfft. Kurz, ich habe ein höllisches Spektakel vollführt. Will sagen, ich habe das ganze Repertoire eines bösen Hundes durchgespielt, bis das rotzfreche Vieh – unbeeindruckt von mir – endlich davonflog. Zurücklassend einen Vogelschiss, der nicht von schlechten Eltern war. Herrchen hat sich mächtig darüber geärgert. Denn er kann es ja kaum ertragen, wenn sein Luxusschlitten durch einen winzig kleinen Mückenschiss verunziert wird. Und jetzt dieser grosse Möwenklacks! Natürlich mussten wir danach unverzüglich eine Waschstrasse aufsuchen! Nach dem Debakel mit der frechen Möwe habe ich langsam genug von Frankreich und allem Drumherum. Ich will nach Hause – und zwar sofort.

Morgen ist es so weit, wir lassen Frankreich hinter uns. Doch davor machen wir noch einen letzten Besuch bei Kusine Flora und ihrem Herrn Gemahl. Vor Lori fürchte ich mich nun nicht mehr so arg. Aber vor Timo habe ich immer noch eine Scheissangst. Und so wird er während unseres Besuches nach draussen verbannt. Was meinen Menschen – mir aber nicht – ein schlechtes Gewissen bereitet. Also dehnen sie deswegen ihren Besuch nicht allzu lange aus, was mir wiederum auch sehr recht ist. Kurz und schmerzlos fällt dann der endgültige Abschied aus, jedoch nicht ohne dass sich die Menschen gegenseitig versichern, nicht mehr so viel Zeit bis zum nächsten Wiedersehen verstreichen zu lassen. Selbst der kauzige Sonderling macht aus dem »au revoir« ein grosses Trara. Ich hingegen laufe von dannen, ohne auch nur einen einzigen Blick zurückzuwerfen. Und mit dem nächsten Wiedersehen eilt es mir schon gar nicht. Ich kann den Morgen kaum erwarten, wenn wir die Heimreise antreten. Frankreich mag ja schön und gut sein, aber vorerst habe ich die Schnauze gestrichen voll! Und am schönsten ist es doch allemal zu Hause. Oder?

Es gibt Tage ...

Es gibt Tage, da bleibt einem nichts aber auch wirklich nichts erspart. Und eben solch ein Tag war heute. Kaum aus den Federn gekrochen, war mir wieder einmal grottenschlecht oder besser gesagt, speiübel. Und als Folge davon, musste ich heftig würgen, bis fontänenartig gelbe Flüssigkeit aus mir herausschoss. Vermutlich ist mir der Hundekot, den ich gestern – unbemerkt von meinen Chefs – hastig verschlungen habe, nicht bekommen. Sei's drum. Frauchen kam natürlich sofort mit einem feuchten Lappen angerannt, um meine Hinterlassenschaft zu beseitigen. Und sie hat nicht einmal geschimpft! Sie hat mich sogar gelobt, weil ich auf die Fliesen und nicht etwa auf einen der wertvollen Teppiche gekotzt habe. War aber bloss Zufall. Aber das muss ich Frauchen ja nicht unbedingt auf die Nase binden. Schon bald ging es mir wieder besser und so marschierte ich zielstrebig gen Küche, um dort mein Frühstück einzufordern. Was mir dann auch prompt und beflissen serviert wurde. Doch dieses hat mir erneut Bauchgrimmen beschert und auf dem morgendlichen

Spaziergang hatte ich dann argen Dünnpfiff. Obwohl meine Därme Geräusche wie Donnergrollen von sich gaben, rannte ich trotzdem wie ein Irrwisch ein ums andere Mal im Kreis herum und vollführte dazu Sprünge wie ein »stinkender Ziegenbock«. Was – weil ich dazu noch pupsen musste – der Wahrheit ziemlich nahe kam. Zum Abschluss meines Herumtollens wollte ich noch elegant über einen Baumstamm hüpfen und blieb wiederum mit der vermaledeiten fünften Kralle der Vorderpfote irgendwo hängen. Verflixt und zugenäht! Dieses Mal war sie nun aber wahrhaftig und wirklich weg! Ausgerissen! Auaaaaaa, das tat höllisch weh! Sogleich floss das Blut in Strömen. Gut, das ist jetzt ein wenig übertrieben. Herrchen glotzte mich bereits wieder mit käsigem Gesicht an und dann rannten wir schnellstens nach Hause. Als Frauchen meine Pfote begutachtete, lachte sie dieses Mal wenigstens nicht. Sie verarztete mich unverzüglich, indem sie mir wiederum die abscheulich riechende Salbe auf meine Wunde schmierte. Danach musste ich den ganzen Tag lang mit einem lächerlichen Verband (Blau mit Kätzchen drauf!) in der Gegend herumhumpeln, was ich schmerzgepeinigt, wehleidig und dieses Mal sogar ohne jegliche Theatralik tat. Übrigens, kann ein Tag noch beschissener werden? Er kann!

Am Nachmittag nach diesem unseligen Morgen unternehmen wir nun einen Ausflug an den Rotsee. Dieser ist weit über die Grenzen hinaus bekannt. Mindestens für Anhänger des Rudersports. Dort wollen meine Menschen einen Frühlingsbummel rund um den See machen. Die Wiesen stehen bereits in voller Blüte und bieten dadurch Nahrung für viele Insekten. Die Vögel zwitschern von den Bäumen um die Wette und auf dem See tummeln sich jede Menge Schwäne und Enten oder sonstiges Gefieder. Es ist Brutzeit! Überall hocken sie in kunstvoll gebauten Nestern auf ihren Eiern und sorgen so für Nachwuchs. Natürlich will ich sogleich eines der Nester erforschen.

Deshalb zerre ich ungeduldig an der Leine in Richtung Schwanen- oder Entenbehausung. Doch Herrchen stoppt zeitig mein Unterfangen, indem er mich unsanft an der Leine zurückreisst. Somit habe ich nicht den Hauch einer Chance, auch nur annähernd in die Nähe eines Nestes oder eines Eies zu gelangen. Verdammt! Würde liebend gerne eines stibitzen und es dann in Windeseile herunterwürgen, bevor Herrchen mich stoppen kann. Ich bin nämlich schon lange scharf auf ein Ei. Und da der Osterhase (auch so ein Ammenmärchen!) mich auch heuer wieder aussen vor liess, will ich wenigstens einmal im Leben ein Ei mampfen. Und zwar hier und jetzt! Aber nein, diese kleine Zwischenmahlzeit wird mir rigoros verwehrt. Also vergesse ich wohl oder übel die Nester mit den gefiederten Insassen und deren leckeren Inhalt und laufe – die Nase natürlich wie immer am Boden – leicht humpelnd weiter. Irgendwann kommen uns zwei Frauen, die ununterbrochen miteinander schnattern, entgegen und bleiben dann auf unserer Höhe wie angewurzelt stehen.

»Jesses, schau mal, der Hund trägt einen Verband und erst noch mit niedlichen Kätzchen drauf«, sagt die eine.

Die andere Schnattertante will dann unverzüglich wissen, was mit meiner Pfote passiert sei. Herrchen befriedigt ihre Neugierde und schildert meinen Unfall dramatischer, als er wirklich war. Ich mache entsprechend dazu ein leidendes Gesicht und meine Körperhaltung deutet daraufhin, dass ich der ärmste Hund aller Zeiten bin. Doch insgeheim möchte ich den verdammten Verband herunterreissen und in ihn tausend Stücke zerfetzen.

Leider herrscht rund um den See fieser Leinenzwang. Also nirgends Freilauf. Da ich viele neue Gerüche wahrnehme, bleibe ich dauernd stehen und schnüffle und schnüffle und schnüffle, was die Geduld meiner Menschen wieder einmal echt auf die Probe stellt. Wenn es Herrchen irgendwann zu bunt wird, zieht er mich rücksichtslos an der Leine hinter sich her. Bewusst humple ich dann wie ein alter Kriegsveteran und erwarte Mitleid! Doch diese Taktik bringt nicht den gewünschten Erfolg. Dann versuche ich, mich in etwas Stinkigem zu wälzen. Doch leider ist mir auch hier kein Erfolg beschieden. Und Frauchen droht: »Bobby, wage ja nicht, dich in irgend einer Scheisse zu wälzen, sonst wirst du zuhause gebadet!«

Was soll diese Drohung? Ich liebe baden! Vor allem, wenn mich meine Friseuse badet. Die ist nämlich niedlich und ein echter Augenschmaus! Ich glaube, das habe ich schon einmal erwähnt, aber ich kann es halt nicht oft genug betonen. Hoffentlich steht der nächste Friseurtermin bald an.

Greise, lahme oder ganz einfach nur faule Wandervögel können den Spaziergang verkürzen, indem sie die Fähre über den See nehmen und sich damit von einem zum anderen Ufer schippern lassen. Da meine Menschen die aufgezählten Attribute nicht erfüllen, ahne ich somit nichts Böses. Doch Frauchen (wer sonst?) hat die gloriose Idee, eben diese Fähre zu benutzen. Ich stehe breitbeinig und stocksteif da und bewege mich keinen Zentimeter von der Stelle. Mit dieser Fähre den See zu überqueren, kommt für mich nicht in Frage! Ich habe heute schon einmal gekotzt! Das reicht! Meine Menschen müssten doch eigentlich wissen, dass es auf einem Schiff genauso schaukelt wie in einem Auto. Wenn nicht noch schlimmer! Frauchen hat jedoch kein Erbarmen und will, dass ich meine Pfoten unverzüglich auf die Fähre setze. Nein! Ich stehe weiterhin bockbeinig da. Kurzerhand bückt sich Herrchen, hebt mich hoch und trägt mich aufs Schiff. Widerstand zwecklos! Und so sitzen wir dann auf einer harten Holzbank, die auch schon bessere Tage gesehen hat, und legen ab. Gottlob herrscht kein hoher Wellengang. Der See ist spiegelglatt. Eben darum ist er bei den Ruderern so beliebt. Ich schmiege mich vertrauensvoll an Frauchen und bin felsenfest überzeugt, wenn ich kotzen muss, wird sie meinen Kopf so halten, dass mein Mageninhalt über die Reling fliegt. Oder sollten wir kentern, wird sie mich bestimmt flugs aus dem Fluten ziehen. Ich bin nämlich Nichtschwimmer! Weiss in diesem unseligen Moment noch nicht, dass Frauchen auch nicht schwimmen kann! So viel zu meinem Vertrauen in sie. Halte mich künftig in solchen Situationen doch lieber an Herrchen. Und so gleiten wir also über's Wasser. Habe ein wohliges Gefühl und mich dünkt, ich bin geborgen wie in Abrahams Schoss. Nur der lächerliche Verband an meiner Pfote stört ein wenig die Idylle. Aber was soll's. Auf der ganzen Überfahrt weht übrigens eine angenehme, lauwarme Seebrise, welche uns liebevoll um die Ohren säuselt und unsere Kopfhaare leicht durcheinanderbringt. Herrchen kann dem lauen Lüftchen jedoch nichts abgewinnen. Denn, wie der geneigte Leser weiss, mag er es gar nicht, wenn seine paar verbliebenen Kopfhaare in Unordnung geraten. Er ist halt ein wenig eitel.

Als wir das andere Ufer erreicht haben, hüpfe ich – wie ein alter Seebär – von Bord. Vergessen ist die schmerzende Pfote. Fühle mich nun wie ein erprobter Matrose. Und entsprechend ist mein Gang an Land, nämlich leicht schwankend. Schiff Ahoi! Als Frauchen wieder festen Boden unter den Füssen hat, ist sie allerdings käseweiss um die Nasenspitze herum. Anscheinend ist sie weit davon entfernt, seetüchtig zu sein. Frage mich nun ernsthaft, wieso ausgerechnet sie die Fähre nehmen wollte? Weiber! Geschieht ihr recht, wenn ihr Magen nun Sackhüpfen spielt.

Der Rest der Wanderung ist Geschichte. Es hat sich nichts Aufregendes mehr ereignet. Ausser, dass wir noch Rast in einem Wirtshaus machten, wo mir Wasser serviert wurde. Das mir gelegen kam, denn ich hatte Durst. Herrchen und Frauchen gönnten sich einen Eisbecher. Komisch, anscheinend war Frauchens Übelkeit nur von kurzer Dauer!

Der Tag war schlussendlich doch nicht so mies, wie er begonnen hatte. Gottlob!

Frühlingsgefühle

In unserer unmittelbaren Nachbarschaft wohnt ein nettes Ehepaar. Wenn ich Martha und Willi begegne, schmusen sie immer ausgiebig mit mir. Lasse es mir gerne gefallen und geniesse es in vollen Zügen. Und sie vergessen auch nie, mich mit Komplimenten geradezu zu überschütten. Für die beiden bin ich der absolut süsseste und liebenswerteste und gescheiteste Hund dieses Planeten. Mein Ego schwillt nach unseren Treffen jeweils ins Unermessliche an. Frauchen ist hinterher immer besorgt, dass ich zu eingebildet und dadurch unausstehlich werde. Tatsache ist, die netten Nachbarn sagen schlicht, was Sache ist. Und daran gibt es nichts zu rütteln!

Seit gestern ist bei Martha und Willi die kleine Malteserdame Emma für zwei Wochen auf Besuch. Hoffentlich läuft die mir nicht den Rang ab. Emma und ich müssen uns – gemäss den Menschen – natürlich unverzüglich kennenlernen. Anscheinend hegen sie die romantische Vorstellung, dass zwischen der kleinen Hundedame und mir zarte Frühlingsbande geknüpft werden könnten. Da haben sie sich aber schön vergaloppiert! Das erste Treffen zwischen uns verläuft nämlich alles andere als harmonisch. Es fängt schon bei der Begrüssung beschissen an. Ich gehe nicht etwa ungestüm wie sonst, sondern sehr manierlich, feinfühlig und gesittet, wie es sich für einen Gentleman gehört, zu ihr hin und begrüsse sie nach bewährter Hundemanier, indem ich kurz an ihrem süssen Näschen schnuppre und mich danach flugs ihrem Hintern zuwende. Dort schnüffle ich intensiv und verweile – zugegebenermassen – etwas zu lange. Prompt giftet sie mich an. »Bleib mir vom Leib«, keift sie! Also gehe ich sicherheitshalber und des lieben Friedens willen auf Distanz. Sie ist aber so etwas von niedlich, dass ich immer wieder ihre Nähe suche. Doch das blockt sie jeweils ziemlich ruppig ab, indem sie mich entweder in die Flanken kneift oder an meinen Ohren reisst. Nach unzähligen Versuchen gebe ich auf, lege mich aber demonstrativ in ihrer Nähe nieder und zwar auf den Rücken. Dabei strecke ich alle Viere neckisch in die Höhe. Die werte Dame muss blind oder total abgestumpft gegenüber jedem männlichen Wesen sein, wenn sie meine einnehmende Schönheit immer noch nicht wahrnimmt. Übrigens wedle ich dazu freudig erregt mit meiner Rute und gebe ihr so zu verstehen, dass ich mich total unterwerfe, sozusagen ihr Sklave sein will! Es wirkt! Sie kommt näher und fängt nun ihrerseits an, mich zu beschnuppern. Pro forma kurz an meiner Schnauze und dann ebenfalls flugs – nicht etwa an meinem Hintern – sondern an meinem besten Stück. Daran schnüffelt sie nun sehr, sehr, sehr lange und – du meine Güte – dann leckt sie auch noch daran! Ich lasse es zu, denke aber, ich habe doch noch andere Körperteile, wo du lecken könntest. Aber darauf hat die Dame (?) wohl keinen Bock. Unterwerfung ist ja gut und schön. Aber langsam habe ich die Nase voll und stehe abrupt auf und will nun meinerseits wiederum auf Tuchfühlung gehen. Aber da habe ich die Rechnung ohne Emma gemacht. Sogleich knurrt und geifert sie mich erneut an. Also lasse ich es bleiben. Stattdessen gebe ich meinen Menschen zu verstehen, dass es mir reicht und ich nach Hause will. Und so brechen wir schon bald auf. Beim Abschied strafe ich Emma mit Nichtbeachten indem ich ihr demonstrativ erst die kalte Schulter zeige und ihr danach mein Hinterteil ins Gesicht strecke. Leider muss ich grade nicht pupsen! Eingebildete Zicke! Von Martha und Willi verabschiede ich mich hingegen in gewohnter Manier, indem ich übermütig an ihnen hochspringe. Ob Sie es glauben oder nicht, die beiden mögen das sehr. Nein, sie lieben es geradezu! Und dies, obwohl Marthas Seidenstrümpfe schon einige unschöne Laufmaschen davontrugen.

Anderntags machen wir dann zusammen einen Spaziergang. Unsere Frauchen glauben immer noch, dass es zwischen Emma und mir so etwas wie ein Happyend geben könnte. An mir soll es nicht liegen. Ich bin ein friedfertiger Kerl. Aber wenn ich nur annähernd in Emmas Nähe komme, wiederholt sich das ganze Prozedere vom Vortag. Sie keift, geifert und knurrt mich ein ums andere Mal an. Sie ist ein richtig zickiges Weibsstück. Bin ich hingegen für einen klitzekleinen Moment abgelenkt, steht sie sofort unter meinem Bauch (sie ist so klein, dass sie problemlos unter mir durchlaufen kann) und schnüffelt, wie schon gehabt, intensiv an meinem besten Stück. Und in mir löst dies auch heute noch keine nachhaltigen Gefühle aus. Im Gegenteil. Ich bin verwundert, wieso Emma daran so Gefallen findet? Dort kommt doch bloss mein Pipi raus. Ihr Verhalten ist irgendwie total ungerecht und diskriminierend. Sie darf, ich nicht! Wo bleibt da die Gleichberechtigung? Als sie den nächsten Versuch wagt – Sie wissen schon wo – weise ich sie gehörig in die Schranken, indem ich meine blendend weissen Beisserchen – die jeder Zahnpasta-Reklame zur Ehre gereichen – fletsche und dazu bösartig knurre. Doch zu meinem Erstaunen lässt sie dies völlig kalt. Sie nimmt mich schlichtweg nicht ernst! Ich bin für sie eine Witzfigur! Und mein aufgeblasenes Ego schrumpft in Windeseile auf Erbsengrösse zusammen. Für einen Rüden ist es übrigens total frustrierend, wenn eine Hündin nur auf sein bestes Stück fixiert ist. Das möchte ich an dieser Stelle noch gesagt haben. Jawohl! Zugegeben, ich habe ihr beim ersten Treffen, als ich mich vor ihr auf den Rücken schmiss, meine volle Pracht entgegengestreckt. Doch das war ja bloss Imponiergehabe! Und nun werde ich dauernd von ihr belästigt. Gehört sich so etwas überhaupt für eine Dame? Nein! Und während ihres ganzen Aufenthaltes konnte ich übrigens nur davon träumen, auch nur annähernd in die Nähe der »Büchse der Pandora« zu gelangen!

Um es kurz zu machen. Es gab noch einige gemeinsame Spaziergänge. Doch Emma hat ihr Verhalten mir gegenüber nicht nennenswert geändert. Nur ein einziges Mal hat sie sich dazu herabgelassen, mit mir herumzurennen. Kaum hatten wir jedoch drei Runden gedreht, keifte sie mich schon wieder an. Und gemeinsam mit einem Balli zu spielen, lag auch nicht drin. Denn wenn sie das Balli hatte, wollte sie es partout nicht mehr hergeben. Was wiederum mich in Rage brachte. Dann musste jeweils eines der Frauchen dazwischen gehen, um uns Streithähne zu trennen.

Gestern wurde Emma von ihren Besitzern abgeholt. Ich weine ihr keine einzige Träne hinterher! Ich bin nämlich überzeugt, dass mir schon bald die nächste zarte Schönheit über den Weg läuft, welche in mir vielleicht doch noch Frühlingsgefühle weckt. Und dann geht mir die blöde Tussi endgültig an meinem Allerwertesten vorbei.

Und schon haben Martha und Willi wieder Besuch. Nur dieses Mal von einem friedfertigen und umgänglichen Rüden namens Petro. Und dieses Mal stimmt die Chemie. Nicht, dass Sie jetzt auf falsche Gedanken kommen! Petro und ich sind ab dem ersten Zusammentreffen dicke Freunde. Wir können zusammen Gassi gehen, herumrennen, uns balgen oder einfach nur mit einem Balli spielen, ohne dass es zwischen uns Stunk gibt. Ein Balli lieben wir besonders. Denn dieses ist an einer Wurfleine befestigt. Unsere Frauchen schmeissen uns dieses Balli unermüdlich zu und manchmal landet es dann irgendwo im Nirgendwo. Das, weil Frauen generell schlechte

Werferinnen sind und erst recht keine Treffsicherheit haben. Es seien eben typische Frauenwürfe, sagt Herrchen! Und dann suchen wir alle vier zusammen nach dem Balli. Haben wir es gefunden, spielen wir weiter und machen Kräftemessen respektive Seilziehen. Petro verbeisst sich ins Balli und ich mich in die Wurfleine. Minutenlang ziehen und zerren wir daran und testen so, wer der Stärkere ist und wer zuerst loslassen muss. Meistens gewinnt Petro. Dafür bin ich der Schnellere, wenn wir dem Balli hinterher rennen. Ich bin gerne mit Petro zusammen. Und ich bin so etwas von froh, dass er, typisch Kerl, friedfertig ist. Und nicht wie Emma, typisch Weib, zänkisch. Der Unterschied muss wohl am Geschlecht liegen!

Gartenarbeit

Frauchen liebt ihren Garten heiss und innig und entsprechend viel Zeit verbringt sie damit, ihn zu hegen und zu pflegen. Wenn das Wetter schön ist, ist sie in aller Hergottsfrühe schon draussen am Werkeln. Es gibt immer eine Menge zu tun. Nämlich den grossen Kräutergarten (sie mag es, beim Kochen frische Kräuter zu verwenden) in Schuss zu halten, verblühte Blumen zu schneiden, hie und da einen Strauch in Form zu trimmen, Hortensien mit genügend Wasser zu versorgen, die Kletterrose hochzubinden und nicht zu vergessen, Unkraut zu jäten. Obwohl, letzteres würde sie gerne Herrchen überlassen. Doch da stösst sie auf taube Ohren. Herrchen steht ihr höchstens zur Verfügung wenn seine Manneskraft gefragt ist. Dann greift er – jedoch äusserst widerwillig – zum Spaten und buddelt ein Loch, wo immer Frauchen es haben will. Danach hat er immer Blasen an seinen zarten Händen, welche er dann tagelang wehleidig zur Schau stellt. Was für eine Memme! Seiner Meinung nach könnte man den Garten eh zubetonieren! Fauchen ist ob diesem Ansinnen aus lauter Frust – Pfadfinderehrenwort – knapp einen Meter ab Boden in die Luft gesprungen. Danach herrschte zwischen den beiden einige Zeit Funkstille.

Wenn Unfriede oder eben Funkstille in unseren vier Wänden herrscht, trete ich jeweils in den Hungerstreik. Geschwächt, weil ich seit Tagen nichts gefressen habe, mag ich dann weder spielen noch sonstige Lumpereien anstellen. Nein, jetzt habe ich geschwindelt! Es ist natürlich jeweils nur eine Mahlzeit, die ich verschmähe. Wenn meine Menschen dann bemerken, dass ich »wie ein Hund« leide, versöhnen sie sich immer wieder ganz schnell. Denn wer will schon einen Vierbeiner, der aus Kummer nicht frisst und auch keine Lust zum Spielen hat? Ach, was bin ich doch ein gewitzter und brillanter Hund!

Seit dem letzten Eklat im Garten übernehme ich nun den Part von Herrchen und helfe Frauchen, wo immer ich kann. Gräbt sie ein Loch, um eine Blumenzwiebel zu setzen, inspiziere ich es vorher gründlich, ob es tief und breit genug ist oder ob allenfalls ein Regenwurm darin herumkriecht, den ich eliminieren muss. Oder ich buddle schon mal selbstständig Löcher, denn es liegen noch eine Menge Blumenzwiebeln im Korb, die heute gesetzt werden müssen. Frauchen ist jedoch ob meiner Eigeninitiative nicht erbaut und scheucht mich immer wieder weg. Als die Zwiebeln endlich penibel genau, das heisst, in zentimetergenauem Abstand, gesetzt sind, wendet sie sich den Rosen und dem Lavendel zu. Beide müssen zurückgestutzt werden. Wiederum will ich helfen und stehe mitten im Geschehen, also mitten im Lavendelbeet.

»Irgendeinmal schneide ich dir mit der Gartenschere in deine vorwitzige Nase oder in deine Schlappohren oder noch schlimmer, in deine Rute. Also schleich dich!«, zetert sie entnervt.

Doch ich kehre immer wieder unverdrossen zurück. Beim x-ten Mal habe ich sogar meinen Gummiball dabei. Demonstrativ lasse ich ihn immerzu genau dort fallen, wo Frauchen gerade am Arbeiten ist. Anscheinend hat sie eingesehen, dass mich weder Keifen noch Zetern oder Schimpfen vertreiben können und so wirft sie mir den Ball geduldig wieder und wieder zu, bis er irgendwann auf Nimmerwiedersehen verschwindet. Wen wundert's? Wir wohnen nämlich am Hang! Während der Gartensaison muss mir Frauchen sicher einmal pro Monat einen neuen Gummiball kaufen. Irgendwo unten im Ort gibt es wahrscheinlich einen ganzen Berg davon. Dieser Ball ist nun also auch erfolgreich versenkt und somit helfe ich Frauchen wiederum bei der Gartenarbeit. Übrigens, mein Arbeitseifer kommt nicht etwa daher, dass ich gerne schufte. Im Gegenteil. Wenn es ums Arbeiten geht, bin ich immer noch durch und durch ein Südländer. Und das sagt ja wohl alles! Mein Eifer rührt nämlich daher, dass unzählige Eidechsen oder sonstige Kriechtiere unseren Garten bevölkern. Und mein Jagdinstinkt arbeitet somit ständig auf Hochtouren. Wenn ich nur gerade mal ein Zipfelchen einer Echse erspähe, sprinte ich los, ohne Rücksicht auf Verluste. Das heisst, wenn es erforderlich ist, renne ich schon mal mitten durch ein Blumenbeet oder durch Frauchens Heiligtum, den Kräutergarten! Dann kommt jeweils Stimmung auf.

»Bobby, stopp! Verdammt, lass die Eidechsen in Ruhe! Hörst du?«, schreit Frauchen.

Nein, ich höre nicht und jage weiter. Leider sind diese kleinen Dinger schneller als ich und bis heute ist meiner Jagd kein Erfolg beschieden. Aber was nicht ist, kann ja noch werden. Stehe also nach erfolglosem Sprint einmal mehr wie ein begossener Pudel da, höre aber sogleich ein erneutes Rascheln hinter einem Strauch. In Vorfreude auf eine fette Echse oder auf eine glitschige Blindschleiche oder eine saftige Maus läuft mir bereits das Wasser an den Lefzen herunter. So schleiche ich auf leisen Pfoten gen besagten Strauch und krieche auf dem Bauch – wie ein Indianer auf Kriegspfad – die letzten Zentimeter darum herum. Als ich mich aufrichte, steht – oh Schreck – eine riesengrosse Katze vor mir, die mich aus ihren Schlitzaugen feindlich anstarrt und keinen Millimeter weicht! Geschockt starre ich gefühlte Stunden zurück. Unvermittelt macht sie einen Katzenbuckel und faucht und geifert mich furchteinflössend an. Nun wird es höchste Zeit für mich, den Rückwärtsgang einzulegen. Im Zeitlupentempo robbe ich gedemütigt – nun aber in der Gegenrichtung – um den Strauch herum zurück. Danach renne ich unverzüglich zu Frauchen und verstecke mich hinter ihr. Dabei hoffe ich, dass sie mein Intermezzo mit der Katze und mein feiges Verhalten nicht mitgekriegt hat. Schäme mich dafür!

Einkaufsbummel mit Frauchen

Frauchen und ich gehen heute alleine in den Ausgang. Herrchen besucht ein befreundetes Ehepaar, das partout keinen Hund in ihrer Wohnung oder sonst wo haben will. Scharfsinnig schlussfolgere ich, dass diese Menschen wohl keine Hunde mögen! Mich alleine zu lassen – obwohl ich das sehr gut kann – kommt für Frauchen nicht in Frage. Denn wo ich nicht willkommen bin, geht sie auch nicht hin. Basta. Ich spekuliere aber mal wild darauf los, dass Frauchen die sogenannten Freunde einfach nicht leiden kann und mich als Ausrede vorschiebt. Wer durchschaut schon immer mein Frauchen!

Frauchen und ich fahren nach Luzern. Das ist ihre Heimatstadt, von der sie behauptet, dass es der schönste Ort auf der Welt sei. Ob dies wirklich so ist, bezweifle ich stark! Denn Frauchen neigt manchmal ein wenig zur Übertreibung. Da Luzern an einem See, nämlich am Vierwaldstättersee liegt, gehen Frauchen und ich zuerst an der Uferpromenade entlang spazieren. Diese ist gesäumt von vielen Kastanienbäumen und demzufolge für mich das reinste Paradies. Entsprechend lange dauert dann auch unser Spaziergang. Auf einem grossen Platz, von wo aus Frauchen über den See hinweg den Pilatus (das ist ein Berg mit der steilsten Zahnradbahn dieser Welt) mit seiner schneebedeckten Spitze bewundert, darf ich sogar von der Leine. Blitzartig starte ich durch und verscheuche jede Taube, welche die Frechheit besitzt, sich auch auf diesem Platz zu tummeln. Während die Tauben aufgeschreckt und erzürnt davonfliegen, lässt eine – wahrscheinlich aus reiner Schikane und Häme – ihre Kacke plumpsen. Beinahe wäre die Taubenscheisse auf meiner Nase gelandet. Stattdessen fällt sie auf Frauchens Schulter. So ein Pech aber auch! Der dunkelgraue, klebrige Klumpen, der nun ihre brandneue, weisse Lederjacke ziert, macht die Sache auch nicht besser. Wie Frauchen panikartig die Scheisse mit einem Taschentuch und ihrer Spucke drauf entfernen will, brauch ich wohl nicht im Detail zu schildern. Nur so viel, sie fluchte lästerlich dazu! Während Frauchen am Scheuern und Spucken ist, wende ich mich den Enten zu. Hurtig treibe ich die Viecher – die ohne Scheu frech schnatternd über den Platz watscheln – in den See zurück. Wo sie sowieso hingehören! Frauchen ist nun wegen des Debakels mit der Taubenscheisse leicht (?) gereizt und nun habe ich sie auch noch durch meine Jagd auf die Enten erzürnt. Also kennt sie kein Erbarmen und ich muss unverzüglich wieder an die Leine. Danach nehmen wir den Rückweg unter die Füsse respektive ich unter die Pfoten. Wir laufen dabei an luxuriösen Hotels vorbei, vor denen noch luxuriösere Karossen parken. Vor den

Eingangstüren stehen Männer – die wie Pinguine aussehen – gelangweilt und das Gähnen unterdrückend herum. Während ich die Männer angaffe und noch unentschlossen bin, ob ich sie anbellen oder ignorieren soll, reisst mich Frauchen aus meinen Überlegungen und tut mir kund, dass der Spaziergang am Wasser entlang eigens für mich bestimmt war und sie nun an der Reihe sei. Übersetzt heisst das, dass wir durch die Altstadt schlendern werden und dass Frauchen vor jedem Schaufenster immens lange stehen bleiben wird. Langweilig! Da ich aber heute ziemlich gut drauf bin und wegen dem Taubendreck noch ein klein wenig Schuldgefühle habe, schlüpfe ich in die Rolle des reumütigen Hundes. Steht Frauchen vor einem Schaufenster, sitze ich artig und geduldig daneben, bis sie endlich die ganze Auslage begutachtet hat. So mancher Mann wirft mir beim Vorübergehen mitleidige Blicke zu. Diese Situation kommt den Kerlen wohl bekannt vor. Frau guckt ins Schaufenster, Mann steht gelangweilt und frustriert daneben und rechnet bereits in Gedanken aus, was ihn der Spass wohl wieder kosten wird! Ein Geschäft hat es ihr dann besonders angetan. Sie steht nämlich auf Uhren. Und schon hat sie eine im Schaufenster entdeckt, für die sie vermutlich einen Mord begehen würde, um sie zu bekommen. Also nix wie rein in den Laden. Doch unmittelbar hinter der Eingangstür steht ein Mann in Uniform. Schon wieder ein Pinguin! Frauchen und ich sind allerdings noch nicht ganz im Geschäft drin, kommt der Frackträger mit herablassender Miene auf uns zu und sagt: »Hunde sind hier nicht erwünscht«.

Frauchen klappt – vor Sprachlosigkeit – die Kinnlade herunter (dieser Anblick ist göttlich und hat Seltenheitswert), zeitgleich verengen sich ihre Augen und sie antwortet dem wichtigtuerischen Türsteher mit einer unnachahmlichen Nonchalance: »So ein Pech, wenn mein Hund nicht erwünscht ist, kaufe ich die Uhr in einem anderen Geschäft. Nämlich dort, wo Bobby willkommen ist.«

Sagt's, macht eine elegante Kehrtwende und schreitet stolz mit hocherhobenem Haupt von dannen. Ich notgedrungen, aber nicht minder stolz, jedoch mit hocherhobener Rute, hinterher! Meine Güte, jetzt hat Frauchen aber mächtig geblufft. Woher will sie wohl die Knete nehmen, um sich eine solche Uhr zu kaufen? Sich wie eine überkandidelte »High Society Lady« aufzuführen, macht Frauchen anscheinend ab und zu richtiggehend Spass! Um aber tatsächlich als eine solche Lady durchzugehen, fehlen ihr dazu die aufgespritzten Lippen, die gestrafften Augenlider und ein Silikonbusen in XXXL! Und das soll sie mal schön sein lassen.

Und dann wollte Frauchen noch etwas trinken gehen und zwar in einem fünf Sterne Hotel. Kaum bei Tisch überschlagen sich die Kellner fast vor Beflissenheit. Ich bin dermassen willkommen, dass ich noch vor Frauchen bedient werde. Ich bekomme einen Napf vor die Nase gestellt, der sogar mit einem Goldrand verziert ist. Darin ist dann allerdings auch nur Wasser. Seufz! Erst danach wird Frauchen nach ihren Wünschen gefragt. Und die waren – ich kann Ihnen sagen – nicht unbescheiden. Nur so viel, sie wurden alle erfüllt!

Habe ich schon erzählt, dass wir auf dem Land in einem Provinzkaff wohnen? Im Nachbarort, ebenso ein Kaff, Kuhdorf oder wie auch immer, gibt es einen »Italiener«. Bis ich kam, das Lieblingsrestaurant meiner Menschen! Als mich der Besitzer jedoch das erste Mal sah, verbannte er uns aus dem Speisesaal, der – gemäss Frauchen – schon bessere Zeiten gesehen hat. Die Ausstattung stammt noch aus den 70-ger Jahren! Also alles dunkel und duster und abgewohnt. Ich rätsle noch heute, was ich da hätte kaputt machen können. Der Wirt und Frauchen geritten sich wegen der Verbannung in die Haare. Er begründete unseren Rauswurf damit, dass Hunde generell stinken. Die anderen Gäste würden sich daran stören. Gottlob stinken Menschen nie! Das ist nun meinerseits reinster Sarkasmus. Auf jeden Fall verliessen meine Menschen daraufhin – ohne etwas zu konsumieren – das Lokal. Auch in einem »Landgasthof« in unserem Dorf bin ich im »schönen« Teil, wo man essen kann, nicht erwünscht. Auch dieses Lokal lassen meine Menschen nun links liegen. Jetzt bin ich wieder etwas vom Thema abgekommen. Wollte eigentlich nur erzählen, wie ich im fünf Sterne Hotel wie ein König behandelt wurde. Obwohl ich nur ein Gast mit vier Beinen bin!

Zuletzt laufen wir noch über die wirklich weltweit berühmte Kapellbrücke mit dem Wasserturm, welche für Touristen ein beliebtes Fotosujet darstellt. Und weil Luzern eben bekannt ist, hat es hier immer eine Menge Touristen aller Couleur. Heute wimmelt es in der Stadt geradezu von Menschen mit gelblicher Hautfarbe und Augen, die mich ein wenig an Katzen erinnern. Da sie auch leicht geschlitzt sind. Plötzlich stehen einige dieser fremdartigen Menschen um Frauchen und mich herum und wollen von mir – nicht etwa von ihr – unbedingt ein Foto machen. Da lasse ich mich nicht lange bitten und werfe mich in Positur. Heisst, ich setze mich artig hin, stelle meine süssen Öhrchen seitlich angestellt auf Halbmast und gucke geradewegs mit meinen grossen, runden, Augen verzückt Richtung Fotoapparate. Gebe mir natürlich nur so viel Mühe, weil ich hoffe, dass nachher ein Leckerli für mich herausspringt. Während ich ein vielfaches Klicken der Kameras höre, stelle ich mir vor, wie diese Menschen zu Hause das Foto von mir – mit der Kapellbrücke im Hintergrund – überall herumreichen. Und alle wollen nur eines wissen, wer der hübsche Hund auf dem Bild ist. Und dadurch werde ich bestimmt im »Land der aufgehenden Sonne« Berühmtheit erlangen. Ärgerlich ist dann allerdings, dass mir nach der Fotosession kein einziges Leckerli dargereicht wird. Olle Geizkragen! Einige dieser Menschen starren mich jedoch – wie mir scheint – ein bisschen zu lange und zu intensiv an. Und so kommt abrupt bei mir ein mulmiges Gefühl auf und ich will nur noch weg und zerre deshalb unmanierlich an der Leine. Als wir weitergehen, sagt Frauchen mit einem fiesen Grinsen im Gesicht: »Die Schlitzaugen haben vermutlich abgewogen, ob du genug Fleisch am Knochen hast. Die essen nämlich bevorzugt Hunde und haben dich wahrscheinlich bereits im Kochtopf brutzeln sehen. Und im Übrigen veranstalten sie jedes Jahr ein Hundefress-Festival.«

Ungläubig starre ich sie an und denke, das ist ja voll krass abartig. Deshalb lege ich noch ein grösseres Tempo vor, damit ich so schnell wie möglich viel Abstand zwischen diese Barbaren und mich bringe. Und das Berühmtsein ist mir nun auch nicht mehr so wichtig. Ob sich Frauchen mit mir nur einen bösen Scherz erlaubt hat, weiss ich nicht. Auf jeden Fall hatte ich in jener Nacht Albträume von Kochtöpfen und hundefressenden Menschen! Eines ist gewiss, so schnell setzte ich keine Pfote mehr in die sogenannt schönste Stadt der Welt, weil es da von Menschen aus allen Herren Länder wimmelt. Und darunter hat es bestimmt solche, die noch barbarischere Rituale pflegen, als diejenigen aus dem »Land des Lächelns«. Das ist mir dann doch zu gefährlich!

Spinne am Morgen ...

Heute Morgen ist doch glatt eine fette, langbeinige Spinne vor meiner Nase vorbeigetrippelt. Dem Herrn sei's gedankt, dass es keine Fliege war. Denn von diesen ekligen Viechern, die regelmässig nach einem halsbrecherisch Sturzflug auf mir landen wollen, krieg ich voll krass die Panik. Renne dann mit eingezogenem Schwanz hysterisch davon. Und verstecke mich nach jeder Scheiss-Fliegen-Attacke meistens in der hintersten und dunkelsten Ecke unseres Hauses. So dass meine Menschen schon Stress gekriegt haben, weil ich über längere Zeit nicht mehr auffindbar war. Krieche ich irgendwann aus meinem Versteck, verspotten mich meine Leute wegen meiner Fliegenphobie und meiner Feigheit. Und Frauchen meint dazu noch höhnisch, ich sei ein »schöner Held«! Was dann an meiner Selbstsicherheit schon ein wenig kratzt. Aber zurück zur vorbeidefilierenden Spinne. Wollte sie gerade schnappen und genüsslich mampfen, da verschwand sie geschwind in einer Mauerritze. Hoffentlich ist das kein schlechtes Omen. Denn »Spinne am Morgen – Kummer und Sorgen, Spinne am Abend – erquickend und labend«. Von wegen!

Die Sonne brennt den ganzen Tag unbarmherzig vom Himmel herunter. Deshalb liege ich nur schlaff und müde herum und strecke dabei alle Viere in die Höhe. Nicht einmal Lust auf Ballspielen habe ich. Hechel, hechel! Und weil eben solch hohe Temperaturen herrschen, gehen meine Menschen erst am frühen Abend mit mir auf einen längeren Spaziergang. Unbeschwert schlendern wir am See (unser Dorf liegt übrigens auch am schönen Vierwaldstättersee) entlang. Dabei halten meine Menschen Ausschau, ob Herr und Frau Storch immer noch am

Nisten sind oder ob sich sogar der Nachwuchs schon eingestellt hat. Will auch nach den Riesenvögeln gucken, doch so sehr ich den Hals recke, kann ich nur ein Gewirr von Ästen hoch oben im Baum entdecken. Von den Viechern selber sehe ich nix, wirklich nix. Nicht einmal eine klitzekleine Feder! Was ich allerdings sehe, und zwar aus nächster Nähe, rund um den Baum liegt Storchenscheisse, welche die Viecher, wenn sie ihre Sommerresidenz ausmisten, ohne Rücksichtnahme auf Vorbeilaufende nach unten befördern. Will mich gerade hinschmeissen, um mich damit zu »parfümieren«, als ein klebriger, feuchter Klumpen mitten auf meinem Kopf landet. Von dort rinnt die weisse Kacke Richtung meiner Nase, was meine Menschen in Gelächter ausbrechen lässt. Ja, Schadenfreude ist halt immer noch die schönste Freude. Man erzählt sich übrigens, dass sich das Ehepaar Storch einmal auf einem Hausdach in unserem Dorf niedergelassen hat und kurze Zeit danach sah die Bewohnerin des Hauses dem freudigen Ereignis zweier kleiner Schreihälse entgegen. Böse Zungen behaupten nun, danach hätten einige junge Paare unser Dorf fluchtartig verlassen. Die haben wohl tatsächlich an den Storch geglaubt! Frauchen klaubt mir nun die Storchenkacke aus meinem Kopfhaar, was ordentlich zupft und danach wischt sie mir noch den Zinken sauber. Dabei kann sie ein süffisantes Kichern kaum unterdrücken. Das Parfümieren lasse ich nun lieber sein und laufe, in meinem Stolz gekränkt, davon. Dabei bilde ich mir ein, ein höhnisches Gelächter aus dem Baumwipfel zu hören. Saublöde Störche! Haut ab in den Süden!

Wir laufen nun weiter am Ufer entlang und geniessen dabei das kühle Lüftchen, welches vom See herein weht. Herrlich! Frauchen will nun noch die letzten Sonnenstrahlen des Tages geniessen und marschiert zügig zu einer Bank. Herrchen und ich trotten ihr ergeben hinterher. Unvermittelt vollführt Frauchen, wie eine Primaballerina auf einer der grossen Bühnen dieser Welt, eine »graziöse Pirouette« und beendet sie dann wie »der sterbende Schwan« auf dem harten Boden. Frauchen liegt nun also mitten auf der Wiese. Und ich unsensibler Dödel habe nur Spielen im Kopf. Und so werfe ich mich in Vorfreude des Spasses neben Frauchen ins Gras. Wälze mich übermütig hin und her. Gebe ihr damit zu verstehen, dass ich mehr als bereit bin, mit ihr herumzubalgen. Doch sie hat überhaupt keinen Bock auf mich. Langsam dämmert mir, dass mit Frauchen etwas ganz und gar nicht stimmt. Sie liegt nämlich kreidebleich da und jammert vor sich hin. Derweil schreit Herrchen panisch ins Handy: »Da ist ein Loch, das meine Frau nicht sehen konnte, weil es mit Gras überwachsen ist und dadurch ist sie schwer gestürzt!«

Bald danach kommt ein Auto mit lautem »Tatü, Tata« angefahren. Zwei Männer steigen aus und kümmern sich nun um Frauchen. Danach legen sie meine Chefin oder sagen wir es mal so, meine Rudelführerin auf eine Trage, schieben sie ins Auto und weg ist sie! Herrchen und ich bleiben wie gelähmt zurück. Keiner Regung sind wir im Moment fähig. Ach, hätte ich doch die Spinne am Morgen erwischt und gefressen! Von wegen, »am Abend erquickend und labend«.

Frauchen ist weg und Herrchen und ich führen ab sofort einen Männerhaushalt. Mit anderen Worten, der Schlendrian hält Einzug. Uiii, wenn Frauchen das wüsste! Neu ist, dass Herrchen und ich jeden Morgen und Abend zur selben Zeit zu einem grossen Gebäude fahren. Herrchen verschwindet jeweils in diesem Haus und ich muss öde im Auto warten. Kommt er zurück, verströmt er muffige Gerüche, vor denen mich schaudert. Doch darunter rieche ich einen Hauch von Frauchen. Blitzgescheit schliesse ich daraus, dass Frauchen in diesem Gebäude sein muss. Und unvermittelt bin ich traurig. Mein kleines Hundeherz wird ganz schwer vor Sehnsucht nach ihr. Doch Herrchen kennt kein Erbarmen und ich bin weiterhin Tag für Tag dazu verdammt, im Auto zu warten, wenn er zu Frauchen geht. Eines Morgens herrscht aufgekratzte Stimmung in unseren vier Wänden. Herrchen ist richtiggehend gut drauf. Und ich nicht minder! Aber das ist bei mir meistens so. Wir verlassen zeitig das Haus und fahren – wie gehabt – dorthin, wo Frauchen ist. Aber heute ist alles anders. Denn kurze Zeit darauf kommt Herrchen zurück. Vor sich her schiebt er ein zweirädriges Ding, in dem Frauchen sitzt. Oh je, das eine Bein von ihr steckt in einem Monsterding, welches mich an die Latschen von Yeti denken lässt. Wie die Begrüssung zwischen uns ausfällt, muss ich wohl nicht im Detail schildern. Kurz, ich drehe vor Freude fast durch. Sie auch. Und dabei fliessen sogar ein paar Tränchen!

Fortan herrscht bei uns wieder Zucht und Ordnung. Unser legerer Männerhaushalt gehört der Vergangenheit an. Weder das zweirädrige Ding noch der Monsterschuh oder die Krücken hindern Frauchen daran, das Zepter wieder mit straffer Hand zu führen. Als erstes muss Herrchen – im Schweisse seines Angesichts – das Haus vom Keller bis zum Dachstuhl auf Vordermann bringen! Wie ein Sklave schuftet der arme Kerl. Eigentlich ist er selber schuld, wieso hat er auch alles so schleifen lassen! Für eine Nanosekunde tut er mir trotzdem leid. Doch dann wende ich mich lieber wieder meinem Spielzeug zu.

Wenn Frauchen mit ihren Krücken durchs Haus humpelt, darf ich auf keinen Fall stürmisch auf sie zu rennen und schon gar nicht an ihr hochspringen. Muss auch immer höllisch aufpassen, dass ich ihr das Balli nicht zwischen die Füsse respektive Krücken schmeisse oder ein Plüschtier im Weg herumliegen lasse. Sie hat mich bereits mehr als einmal angefaucht, ob sie wegen dem blöden Balli oder einem doofen Plüschtier auch noch den anderen Fuss oder sogar das Genick brechen müsse? Das Nervenkostüm von Frauchen ist halt im Moment ein wenig dünn, darum reisst ihr der Geduldsfaden etwas schneller als sonst. Kann ich ja irgendwie verstehen.

Frauchen muss mindestens einmal pro Nacht ihre Notdurft verrichten. Kurz, sie muss aufstehen, um zu urinieren. Damit sie unbeschadet das Klo erreicht, darf, soll, muss der holde Gatte ihr helfen. Da die beiden (hab ich ja schon mal erzählt) wegen Herrchens Nachtgeräuschen getrennt schlafen, muss Frauchen, wenn die Blase drückt, nach ihm rufen. Herrchen hat in der Regel einen tiefen, komatösen Schlaf. Er penne eben wie ein unschuldiges Kind oder wie jemand, der ein reines Gewissen hat, prahlt er. Obwohl, das interessiert eigentlich keine Sau! Nun komme ich ins Spiel. Kaum macht Frauchen Licht, stehe ich schon besorgt neben ihrem Bett. Verhallen ihre lauten Rufe nach dem Göttergatten ungehört, bin ich »der Retter« der Stunde. Ich renne dann wie ein Sausewind zu Herrchen ans Bett und stupse ihn solange an, bis er wach ist. Steht er dann endlich schlaftrunken auf, gehe ich beruhigt ins Körbchen zurück. Es gibt Nächte, da hört Herrchen ihr Rufen sofort, dann hebe ich nur kurz einen Augendeckel, vergewissere mich, dass er wie ein Nachtgespenst zu Frauchen schlurft und schlafe danach seelenruhig weiter. Manchmal muss sie zwei bis drei Mal pro Nacht auf's Klo. Aus Rücksicht auf Mann und Hund könnte sie vor dem Zubettgehen auf ihren Schlummerbecher ruhig verzichten! Weniger Egoismus ihrerseits wäre auch kein Schaden. Denn vom ständigen aufgeweckt werden bin ich am Morgen statt ausgeschlafen total erledigt. Und durch die permanente Übermüdung habe ich nun Augenringe bekommen. Gottlob sind diese durch mein Fell gut kaschiert. Es gibt Tage, da hat Herrchen ebenfalls Augenringe, die in allen Farben schillern. Aber die kümmern mich einen Dreck. Wichtig ist mir nur mein Aussehen!

Frauchens Unfall hat aber auch schöne Seiten. Wenigstens für mich! Statt, dass ich nun jeden Morgen meinen Marathon zwischen Küche und Schlafzimmer – um Frauchen aus dem Bett zu kriegen – absolvieren muss, laufe ich nun gemächlich zu ihrem Zimmer. Ist sie dann endlich aus den Federn, darf ich, wenn sie in dem zweirädrigen Ding sitzt, auf ihrem Schoss, wo ich selbstverständlich wie ein König throne, bis zur Küche mitfahren. Auch sonst darf ich manchmal mitfahren und dann gibt Frauchen aber richtig Gas, so dass meine Ohren durch den Luftzug richtiggehend ins Flattern kommen. Hui, keine Frage, das gefällt mir. Gassi gehen können nach wie vor nur Herrchen und ich. Frauchen schaut uns dann immer traurig hinterher, was mich manchmal veranlasst, nach dem Pipimachen sofort kehrt zu machen, damit ich möglichst schnell wieder bei Frauchen bin. Herrchen fügt sich! Woche um Woche zieht ins Land. Eines Tages geht Frauchen mit dem Monsterschuh aus dem Haus und kommt ohne zurück. Anfangs geht sie noch immer an Krücken, aber von Tag zu Tag kann Frauchen besser laufen und dann ist der Tag da, wo sie diese in die Ecke schmeisst. Ich halte mich mit dem Balli und den anderen Spielsachen immer noch zurück. Will ja unbedingt verhindern, dass über Frauchen nochmals Unbill kommt. Aus den Wochen werden Monate und nun kann Frauchen wieder ganz normal laufen und sogar mit mir um die Wette rennen. Alles nimmt seinen gewohnten Gang. Auch kann sie nachts wieder alleine auf's Klo. Halleluja, die Augenringe sind Geschichte! Hin und wieder tollen wir wieder auf dem Boden herum. Wahrscheinlich heimlich beobachtet von Spinnen, die sich über das dämliche Sprichwort lustig machen. Ich nehme mir daher ganz fest vor, künftig jedes noch so kleine Kriechtier, welches vor meiner Nase vorbeizottelt, sofort und unverzüglich zu schnappen und genüsslich zu verspeisen. Und zwar nicht nur aus Aberglaube!

Juhui, ich war im Spa

Bin mit dem heutigen Tag rundum zufrieden. Aber alles der Reihe nach. Herrchen und ich begaben uns schon zeitig auf einen langen Marsch. Da ich meistens ohne Leine laufen darf, bin ich ihm natürlich immer einige Meter voraus. Und wie aus heiterem Himmel sticht mir ein verlockender Duft in die Nase, der mich schnurstracks Richtung eines kleinen Mauervorsprungs führt. Der Geruch wird dort intensiver, also hüpfe ich auf die Mauer, um zu sehen, was mich erwartet. Unter mir liegt eine undefinierbare, braune Pfütze. Da hat wohl ein Artgenosse oder sonst ein Tier argen Dünnpfiff gehabt. Also nix wie rein ins schlammige Vergnügen. Herrchen schreit noch: »Nein, Bobby. Neinnnnn!«

Bei Frauchen hätte ich es mir nochmals überlegt, bevor ich gesprungen wäre. Doch da Herrchen im Allgemeinen etwas nachlässiger mit meiner Erziehung umgeht, reize ich bei ihm sowieso immer alles ein wenig mehr aus. Nach weicher Landung suhle ich mich voller Wonne in der braunen Brühe. Wälze mich darin hin und her und her und hin. Fühle mich dabei wie in einer Wohlfühl-Oase oder einem luxuriösen Spa. Und der ganze Spass kostet auch gar nix! Die Menschen bezahlen für solche Schlammbäder viel Geld. Da verstehe einer die Zweibeiner! Während ich mich wälze, achte ich sorgsam darauf, dass vor allem mein Hals und meine Schultern genug davon abbekommen. Endlich trifft Herrchen am Ort des Geschehens ein. Und er ist fuchsteufelswild! Es ist das erste Mal, dass ich ihn so wütend erlebe.

»Komm augenblicklich hierher, Bobby!«, schreit er.

Hund sollte den Bogen nicht überspannen, deshalb gehorche ich auf der Stelle. Demütig, das heisst, Kopf gesenkt, Augen niedergeschlagen, Ohren durchhängend, Schwanz eingezogen, schleiche ich zu ihm hin. Das schlechte Gewissen pur! Als ich dann vor ihm stehe, schimpft er mich – während er Grasbüschel auszupft – gehörig aus. Er versucht dann mit dem Gras – und nicht gerade sanft – die Scheisse, die an mir klebt, abzuwischen. Was ohne grossen Erfolg bleibt. Dann nimmt er noch sein – mit edlem Monogramm besticktes – Taschentuch (das sicher nicht billig war) zu Hilfe. Mit dem Ergebnis, dass er es beim nächsten Abfalleimer wegwerfen muss. Danach laufen wir weiter. Ich nun an der Leine. Dann kommen wir zu einer Baustelle. Angestrengt runzelt Herrchen die Stirn und ich weiss augenblicklich, was er überlegt. Baustelle gleich Wasser! Also geht Herrchen mit mir dorthin. Dort spritzt er mich mit kaltem (!) Wasser ab und ich spüre, dass er immer noch böse auf mich ist. Also halte ich während dieser Prozedur mucksmäuschenstill. Wäre das Wasser ein wenig temperiert, würde ich die Dusche sogar geniessen. Aber sie ist eben verdammt kalt. Brrrr! Ein Bauarbeiter meint, er hätte auch so einen Köter, der sich in jedem Dreck wälzen würde. Doch dies tröstet Herrchen vermutlich nicht wirklich.

Zu Hause ankommen, sagt er zu Frauchen, ich sei ein saublöder Hund und er hätte sich grün und blau über mich geärgert. Ohne gross darauf einzugehen, schreitet Frauchen im Militärschritt (das kann sie nun wieder problemlos) Richtung Badezimmer. Denn an mir kleben immer noch Überreste der stinkigen Brühe. Und dann werde ich ziemlich unsanft in die Badewanne gestellt und ein zweites Mal geduscht. Doch dieses Mal wenigstens lauwarm. Ich mag den sanften Strahl der Dusche und den feinen Duft des Shampoos. Also macht mir das Ganze absolut nichts aus. Im Gegenteil, ich geniesse das Spa-Feeling. Als ich trockengerubbelt und im neuen Glanz erstrahlt dastehe, sagt Frauchen: »So, mein lieber Gatte, wenn du nicht aufpassen kannst, wo Hund sich wälzt, darfst du nun das Badezimmer putzen. Und zwar alleine!«

Die Wanne ist nun voller Haare von mir. Und dass ich mich

nach der Dusche so richtig kräftig durchgeschüttelt habe, sodass die Wassertropfen in alle Richtungen flogen, hat auch nicht gerade dazu beigetragen, die Stimmung zwischen mir und meinen Menschen zu heben! Heute war übrigens die Putzfee (so nennt sie sich neustens!) da und hat – kurz bevor wir nach Hause kamen – das Badezimmer auf Hochglanz geputzt. Ich konnte mich sogar in den Armaturen spiegeln. Und nun ist alles dahin. Fazit, die gute Frau hat heute ihre Arbeit für die Katz gemacht. Wie Herrchen schlussendlich das Badezimmer wieder auf Vordermann gebracht hat, interessiert mich nicht die Bohne. Um mir zwischenzeitlich die Zeit zu vertreiben, übe ich an meinem Plüschhasen den Nackenbiss.

Apropos, so viel Aufhebens seitens meiner Menschen, nur weil ich mich ein wenig parfümieren wollte. Schliesslich steht der erste August, unser Nationalfeiertag, an und deshalb wollte ich mich ein wenig herausputzen und dazu auch noch gut riechen!

Grillparty

Grillsaison, Domäne der Männer! Von Früh- bis Spätsommer brutzeln, braten und garen die selbsternannten Grillmeister auf billigen bis hin zu teuren Designergrills Unmengen von Fleisch, Geflügel, Fische und Gemüse. Wobei letzteres meistens verkohlt daherkommt. Zwei Mal Igitt! Einmal für Gemüse und einmal für verkohlt! Dabei nebeln die Herren der Aluschalen ganze Quartiere ein und verpesten dazu fürchterlich die Luft. Mein Herrchen gehört definitiv nicht zu dieser Sorte Männer. Er ist vermutlich der einzige Kerl auf diesem Planeten, der keinen Grill hat und auch nie einen will.

Seine fadenscheinige Ausrede ist – man höre und staune – dass er vom Grillieren schmutzige Hände bekomme. Und auf das aufwändige Reinigen des Grills nach dessen Gebrauch könne er sowieso gut und gerne verzichten. Die Wahrheit ist, dass der Kochmuffel zum Grillen einfach keinen Bock hat, weil er sich lieber vom Heimchen am Herd bekochen lässt!

Umso mehr freue ich mich, dass meine Menschen heute zu einer Grillparty eingeladen sind. Ich darf nämlich mit. Juhui! Grillpartys mag ich ganz besonders gerne, weil ich immer von irgendwem irgendwas Leckeres zugeworfen bekomme! Frauchen ist jedoch zu meinem Leidwesen bei solchen Einladungen meistens meine Spassbremse oder Stimmungskillerin. Denn wenn mir ein Partygast einen »abgenagten« (Geizhals!) Knochen oder ein Stück fettiges Fleisch zuwirft, wird sie immer ein wenig stinkig. Sie mag es nämlich gar nicht, wenn man mich ungefragt füttert. Frauchen kann mich gottlob bei solchen Partys nicht immer im Auge behalten, und so nutze ich schamlos jede Gelegenheit, um auf leisen Pfoten davonzuschleichen. Ich treibe mich dann vorwiegend dort herum, wo der Grill steht, da ich ja ein schlaues Kerlchen bin.

Anlass der Grillparty ist übrigens, dass Herrchens bester Freund seine neue – in Anführungs- und Schlusszeichen – Lebensabschnittspartnerin herzeigen will. Die alte hat er in die Wüste geschickt. Nicht meine Worte, sondern die von Herrchen! Und so steht nun der Gastgeber mit seiner neuen Flamme engumschlungen und glückstrahlend auf der Gartentreppe, um die Gäste zu begrüssen. Auch ich werde gebührend gestreichelt. Muss mich ausnahmsweise mit Hochspringen zurückhalten. Nicht etwa aus Anstand, sondern weil dies auf einer steilen Treppenstufe, ohne eine Bruchlandung hinzulegen, schwerlich geht. Also hocke ich mich manierlich neben das frisch verliebte Paar hin und gaffe es ungeniert mit weitaufgerissenen Augen an. Und dabei bleibt mir buchstäblich die Spucke im Hals stecken. Denn die zwei geben ein Bild zum

Totlachen ab. Sie, eine wunderschöne, blutjunge Riesin. Er, ein hässlicher, alter Gnom. Pardon, aber ich finde ums Verrecken keine mildernde Beschreibung.

Kaum haben sich die Gäste mit Fressalien eingedeckt und sich irgendwo niedergelassen, geht das heimliche Getuschel los. Vor allem unter den Frauen. Selbst das Sexleben der beiden lassen sie nicht aus. Wild wird darauf los spekuliert. Ich kann jedoch den Spekulationen nicht ganz folgen, denke aber, dass es in etwa so ist, wie wenn Frauchen sagt, ich sei wie ein »Sexer« im Lotto! Eine der Damen wirft sogar die Frage in die Runde, wie das wohl im Bett bei einem solchen Grössenunterschied gehen würde. Wie wohl? Er hat ein kurzes und sie ein langes Bett! Genug vom Zuhören des Weibergelabers schleiche ich einmal mehr in Richtung Grill davon. Während ich rundum Ausschau nach heruntergefallenen Leckerbissen halte, sehe ich, wie die Männer allesamt wie aufgeplusterte Gockel mit senkrecht aufgestellten Kämmen um die Riesin respektive Bohnenstange herumstolzieren. Diese fühlt sich natürlich gebauchpinselt und flirtet mit den in die Jahre gekommenen Mannsbildern, was das Zeug hergibt. Lächerlich! Mein Herrchen macht übrigens keine Ausnahme und gockelt munter mit. Dabei vergessen die werten Herren anscheinend, dass ihre Zeit als junge, saftige Brathähnchen das Ablaufdatum längstens überschritten hat.

Die Frauen sehen dem peinlichen Tun ihrer Männer eher gelassen zu. Denn im Moment haben sie ja nichts zu befürchten. Fragt sich nur, wie lange das junge Glück andauert? Aber danach, meine lieben Damen, zieht euch schon mal warm an. Denn ich sehe, wie die Bohnenstange mit intensivem Jagdblick die anwesenden Männer mustert. Sie hält nämlich bereits Ausschau nach der nächsten Beute für ihre Trophäensammlung.

Während ich genüsslich ein Stück Filet kaue, welches mir der Grillmeister heimlich zugeworfen hat, fällt mir auf, dass die drollige Mops-Dame mit den grossen Glubschaugen des Gastgebers fehlt. Daisy ist sprichwörtlich der Augapfel vom Gastgeber, wie auch von dessen Verflossener. Mir schwant Arges. Hurtig durchsuche ich das ganze Grundstück und streife auch im Haus herum, um sie zu suchen. Tapse durch jedes Zimmer, klettere über die Betten und gucke hinter die Polstergruppe. Auch die Nasszellen inspiziere ich. Denn hier ist es mir ja nicht verboten, diese zu betreten. Und dann dehne ich meine Suche noch intensiv auf die Küche aus. Doch von den vielen leckeren Düften bin ich so abgelenkt, dass ich den eigentlichen Grund, warum ich in der Küche bin, vergessen habe. Also gehe ich wieder nach draussen. Schlagartig fällt es mir dann wieder ein. Ich suche Daisy! Doch meine Mühe ist vergebens. Danach gehe ich geknickt zu Frauchen. Sie sagt mir dann, dass Daisy nun ein Scheidungshund sei. Der Gnom hätte, da er seiner neuen Eroberung die Welt zeigen wolle, keine Zeit mehr für seinen Augapfel. Und die Verstossene nehme sich nun die Freiheit heraus, sich endlich zu verwirklichen. Dabei würde ein Hund nur stören. Also sei Daisy wahrscheinlich bereits im Tierheim. Ich hoffe und bete zu allen Göttern, insbesondere aber zum Hundegott, dass meine Menschen auf ewig zusammenbleiben. Mein Herrchen soll gefälligst die Finger von jungen Weibern lassen. Und Frauchen soll sich ihre Selbstfindung und Verwirklichung in den Kamin schreiben oder sonst wohin stecken!

Irgendwann nach Mitternacht machen wir uns auf den Heimweg. Ich mit vollgeschlagenem Bauch, Herrchen im Alkoholdunst und Frauchen angesäuert, weil sie einmal mehr die Chauffeuse spielen muss. Auf der Heimfahrt diskutieren die beiden über das ungleiche Paar. Doch Herrchen schläft dabei ein und – man glaubt es kaum – fängt an zu schnarchen. Frauchen macht dann das Autoradio an und lässt die Musik so laut dröhnen, dass Herrchen erschreckt hochschnellt und sich den Kopf am Autodach anstösst. Dass mir von der lauten

Musik die Ohren klingeln, scheint Frauchen in diesem Moment piepegal zu sein. Ich kann ihr dies jedoch nachsehen, denn nun schläft und schnarcht der Kerl sogar schon im Auto.

Alles in allem war es für mich eine gelungene Grillparty. Wenigstens was das Häppchen bekommen anbelangt. Traurig stimmt mich jedoch das Schicksal der kleinen Hundedame Daisy. Deshalb dauert es noch eine ganze Weile, bis ich ins Traumland der Hunde versinke. Aber dann – oh Schreck – werde ich von Albträumen heimgesucht. Ich sehe Frauchen mit einem jungen Adonis von stattlicher Grösse herumturteln und Herrchen, der sich mit Makramee, Bungee Jumping und Salsatanzen verwirklichen will. Als ich erwache, bin ich grottenfroh, dass es nur ein böser Traum war.

Erziehung ist keine Einbahnstrasse

Habe ja schon öfters erwähnt, dass ich ein gut erzogener und meistens ein sehr folgsamer Hund bin. Meine Leute vertrauen mir deshalb immer mehr und gewähren mir dadurch auch immer mehr Freiheiten. Ich darf viel – wirklich viel – ohne Leine laufen und sie nehmen mich überall hin mit, weil ich weder Menschen noch andere Artgenossen ankläffe und lieb zu allen Kindern bin. Auch wenn die mich manchmal an den Ohren reissen. Eigentlich führe ich ein artgerechtes Hundeleben. Doch das eine oder andere war oder ist noch ein wenig verbesserungswürdig!

Zwischen mir und meinen Menschen herrscht meistens Friede, Freude, Eierkuchen! Das kommt aber vor allem daher, weil auch sie »ungewollt« einiges dazu beitragen. Vor einiger Zeit habe ich nämlich klammheimlich angefangen, meine

Leute peu à peu nach meinem Gusto zu erziehen. Obwohl sie sehr schlau sind, haben sie bis jetzt nichts bemerkt. Schleichend ist es passiert. Ich bin mittlerweile mit meinem Erfolg mehr als zufrieden. Der hochgelobte Hundepsychologe Martin Rütter hätte seine helle Freude an mir. Das ist natürlich ironisch gemeint! Denn er mag es nämlich gar nicht, wenn Hunde das Sagen haben.

Beispiele gefällig? Wenn frühmorgens die Sonne scheint, will ich bereits vor dem Frühstück auf die Terrasse. Ich stehe dann demonstrativ vor der Terrassentür und winsle und jammere vor mich hin. Schon kommt Herrchen angerannt – egal, ob er auf dem Klo oder sonst irgendwo war – und lässt mich hinaus. Dann stellt er draussen den Liegestuhl so hin, damit mir auf der Strasse unten ja nichts entgeht. Ich muss ja schliesslich wissen, was sich in unserem Quartier abspielt. Bevor ich meinen Platz auf dem Liegestuhl jedoch einnehme, legt er noch fürsorglich ein Frotteetuch darauf. Ich soll es kuschelig warm haben. Ist das nicht nett von ihm? Erst jetzt hüpfe ich auf den Stuhl und geniesse die ersten wärmenden Sonnenstrahlen. Dabei knurre ich bereits eine Katze an, die unten vorbeiläuft und schnappe nach einem Vogel, der knapp über meinen Kopf hinwegfliegt. So lässt sich's gut auf's Frühstück warten. Erster Akt der Erziehung ist gelungen. Am zweiten arbeite ich noch. Ich werde nämlich erst zufrieden sein, wenn Herrchen mir das Frühstück auf dem Liegestuhl kredenzt, damit ich – dekadent wie die Römer in grauer Vorzeit – liegend fressen kann.

Während sich Herrchen am Vormittag ausgehfertig macht, spiele ich zum Zeitvertreib mit meinem Stoffball. Bevor wir das Haus verlassen, sollte oder müsste ich eigentlich das Ding hergeben. Tue ich aber nicht! Zigmal sagt Herrchen zuerst leise, dann immer lauter: »Ball aus. Bobbyyy! Auuus! Aussss!«

Ich stehe aber weiterhin bockig mit dem Ball zwischen den

Zähnen da. Doch meine Lauscher sind unterdessen gen Küche ausgerichtet. Dadurch verpasse ich nämlich nicht, wenn Frauchen eiligen Schrittes in die Küche läuft und ein Leckerli für mich holt. Und schon lasse ich den Ball ohne Zwang, also völlig freiwillig, fallen. Meine Chefin ist übrigens von ihren Erziehungsmethoden total überzeugt. Und sie ist mordsmässig stolz, dass sie mich allemal mit einem Leckerli dazu bringt, den Stoffball herzugeben. Derweil Herrchen mit offenem Munde daneben steht. Klappt doch prima, wie ich Frauchen im Griff habe.

Der Erziehung meines Herrchens habe ich heute die Krone aufgesetzt. Jeden Morgen laufen wir in der Regel die gleiche Runde. Und meistens muss ich am selben Ort kacken, weil meine Verdauung wie ein präzises Schweizer Uhrwerk funktioniert. Um meinen Kackebeutel zu entsorgen, muss Herrchen eine Treppe zum Robi Dog runtergehen. Ich warte solange auf dem obersten Treppenabsatz. Das klappt seit langem bestens. Habe ich ja alles schon mal erzählt.

Aber habe ich auch schon einmal ausgeplaudert, dass Frauchen auf meine Verdauung respektive auf meinen regen Stoffwechsel neidisch ist? Nein? Es ist nämlich so, sie hat ein Linienproblem oder bildet sich das wenigstens ein. Sie ist darum felsenfest überzeugt, wenn ihr Stoffwechsel so gut wie meiner funktionieren würde, dann hätte sie innerhalb kürzester Zeit die Figur eines Topmodels oder Hungerhakens. Träum weiter, liebes Frauchen! Du musst nur weniger Süssigkeiten mampfen, dann klappt es vielleicht.

Heute nun streikt ausnahmsweise mein Darm und an gewohnter Stelle geht gar nichts! Nada! Herrchen läuft mir voraus, ich trotte hinterher. Ich setzte mich aber trotzdem auf den obersten Treppenabsatz hin und warte auf mein Leckerli. Herrchen schaut zurück, ruft mich zu sich. Ich bleibe stur sitzen. Schlussendlich kommt er zurück und kann es sich nicht verkneifen zu sagen: »Wenn keine Kacke, dann kein Leckerli.«

Weiss ich doch, mein Alter! Aber hier, genau hier, werde ich fortan – grosses Geschäft hin oder her – immer auf ein Leckerli warten. Und ich weiss, Herrchen wird spuren. Na, wer erzieht nun wen?

Frauchen hat anscheinend immer noch nicht genug Fotos von mir. Also muss ich weiterhin posieren, posieren und nochmals posieren. Manierlich dasitzen und mit grossen Augen in die Kamera gucken, gehört der Vergangenheit an. Denn neuestens benehme ich mich wie ein Sack voller Flöhe oder ein Hund voller Läuse. Kurz, ich zapple enervierend herum oder führe richtiggehend einen Veitstanz auf! Stillhalten kommt nicht mehr in Frage. Ausser, ich bekomme von vorneherein als Bestechung ein Leckerli und hinterher eines als Belohnung. Und Frauchen überschlägt sich geradezu, mir Leckerlis zu geben. So macht »Fotomodell« spielen, wieder richtiggehend Spass. Wenn ich allerdings weiterhin so viele Leckerlis fresse, ist meine Modellfigur irgendwann im Eimer. Aber was soll's. Auch hier Erziehung geglückt.

Wie der geneigte Leser weiss, muss ich während der Mahlzeiten meiner Menschen ins Körbchen. Seit einiger Zeit hapert es damit ein wenig. Ich bleibe nämlich nun wieder ab und zu stur vor dem Körbchen stehen. Regelmässig reisst dann – das ist auch nichts Neues – der Geduldsfaden von Frauchen. Sie weist mich dann ziemlich energisch in die Schranken und scheucht mich ins Körbchen. Anstatt aber nun folgsam ins Körbchen hinein zu hüpfen, hüpfe ich zwei Schritte von Frauchen und Körbchen weg. Macht sie Anstalten, mir zu folgen, tripple ich wie ein Profifussballer (Pele hätte seine helle Freude an mir) um sie herum. Achte ja darauf, immer so viel Abstand zu halten, dass sie mich nicht zu fassen kriegt. »Hasch mich, ich bin der Frühling«, heisst mein neues Spiel! Irgendwann wird es Frauchen zu blöde und sie geht kopfschüttelnd und grummelnd davon. Bisher ist ihr anscheinend entgangen, dass ich nun wieder – wenn auch nur ab und zu – (will ja nicht übertreiben) bestimme, ob ich ins Körbchen gehe oder nicht. Auch hier wenigstens ein Teilerfolg!

Ich bin – ich gebe es zu – bekanntermassen ein absoluter Ball-Freak. Stundenlang und unermüdlich will ich mit meinem Gummiballi spielen. Natürlich nicht alleine, sondern mit meinen Menschen zusammen. Sie bemühen sich wirklich, meinem Spieldrang gerecht zu werden, indem sie sich öfters am Tag für ein paar Minuten Zeit nehmen, um für mich das Balli durch die Gegend zu werfen. Ich rase dann mit riesigen Sätzen dem runden Ding hinterher und fange es mit meiner Schnauze – jeder Torhüter könnte von mir noch etwas abgucken – auf. Danach apportiere ich es unverzüglich und lege es Frauchen oder Herrchen wieder vor die Füsse. Aber eben, der ganze Spass ist für mich immer viel zu schnell vorbei. Also habe ich meine ureigenen Methoden entwickelt, damit meine Menschen noch mehr mit mir spielen. Wenn Herrchen zum Beispiel das dreckige Geschirr in die Abwaschmaschine stapelt – Sie haben richtig gelesen, er macht das – lege ich das Balli auf die aufgeklappte Tür. Und schon läuft es wie am Schnürchen, nämlich nach meinen Wünschen! Herrchen nimmt das Balli und wirft es mir zu. Unermüdlich lege ich das Balli immer wieder an die gleiche Stelle und ebenso unermüdlich wirft er es immer und immer wieder zurück. Vielleicht wirft Herrchen es aber einfach nur zurück, weil er endlich seine Arbeit ohne Störenfried machen will. Frauchen bezieht beispielsweise die Betten frisch. Geschwind lege ich das Balli auf die Matratze und siehe da, Frauchen wirft es mir ohne zu murren zu. Oder sie öffnet eine Schranktür und schon landet das Balli in einer Schublade. Frauchen klaubt es dann brav heraus und kickt es mir wieder zu. Liegen meine zwei Chefs draussen auf den Liegestühlen, lege ich ihnen abwechslungsweise das Balli zwischen die Beine. Und schon sind wir wieder mitten im Spiel. Und nun komme ich nochmals auf die Nasszellen zu sprechen. Sie wissen, die darf ich unter keinen Umständen betreten. Also stupse ich mit der Pfote das Gummiballi einfach in den Raum hinein. Und subito wird es mir zurückgekickt! Toll, nicht? Ich habe übrigens das untrügliche Gefühl, dass ich mit meinen schlauen Tricks meine Menschen richtiggehend glückselig mache.

Eine Leidenschaft von mir ist oder wäre, auf dem Schoss von meinen Menschen oder Freunden zu sitzen, damit wir sozusagen auf Augenhöhe miteinander kommunizieren können. Als meine Herrschaften diese – ihrer Meinung nach – Unart bemerkten, haben sie meinem Tun sofort den Riegel vorgeschoben. Sie wollen nämlich kein »Schosshündchen«. Da sind sie sich so etwas von einig, dass ich nicht einen klitzekleinen Hauch einer Chance habe, überhaupt ein »Schosshündchen« zu werden. Und wenn doch, wäre ich im Übrigen ein Schosshund! Also habe ich mir mit meinem ureigenem Instinkt Menschen ausgesucht, wo ich intuitiv weiss, dass sie mich ohne grosses Federlesens und ohne Einwilligung von Frauchen oder Herrchen auf den Schoss nehmen. Es sind wenige, die es tun und darum mag ich sie besonders gerne. Meine Patentante ist eine der Personen, dann Tante Flora aus dem fernen Frankreich und der nette Nachbar Willi. Auch wenn sie nur alle paar Monate auf Besuch kommen, vergesse ich nie, mich demonstrativ vor sie hinzustellen und sie bittend anzuschauen, bis sie mich hochheben und ich mich auf ihrem Schoss niederlassen darf. Meine Menschen sehen dann machtlos und bestimmt heimlich mit den Zähnen knirschend zu. Zudem lassen sich die endlos langen Besuche und das langweilige Getratsche der Menschen auf einem Schoss viel besser ertragen. Manchmal schlafe ich dabei sogar ein. Was das »Schosshündchen« Dasein betrifft, habe ich meine Leute wenigstens teilweise überlistet.

Ich könnte noch etliche Beispiele, wie ich meine Menschen nach meinem Willen erzogen habe, aufzählen. Bin aber hin und her gerissen, ob ich alle Geheimnisse lüften soll. Denn sollten meine Menschen diese Zeilen je zu Gesicht bekommen, säge ich buchstäblich am Ast, auf dem ich hocke oder beisse die Hand, die mich füttert! Zudem würden sich im Nu alle Bemühungen, Frauchen und Herrchen noch mehr hundetauglich zu machen, in Luft auflösen. Wäre doch wirklich schade, oder?

Ich bin verliebt!

Sina heisst meine Angebetete. Ich bin über beide Schlappohren in sie verliebt. Und sie nicht minder in mich! Wenn ich sie treffe, rast mein Herz und ich könnte vor Glück Purzelbäume schlagen. Da unsere zarten Liebesbande noch frisch und unschuldig sind, möchte ich – ganz Gentlemen – noch nicht im Detail über unsere Liaison plaudern. Vielleicht erzähle ich davon in meinem nächsten Buch, sofern es Sie, liebe Leser und Leserinnen, überhaupt interessiert.

Euer Bobby

Danke

Mein Dank gilt all jenen Menschen, die mich ermutigt haben, dieses Buch zu schreiben. Aber mein besonderer Dank gilt vor allem meinem Wegbegleiter und Ehemann, der beim Probelesen mehr als einmal laut gelacht hat. Was mir das Gefühl gab, dass ich durchaus Humor habe und somit die Leser zum Lachen bringen kann.

Danken will ich aber auch meinem liebenswerten Hund Bobby, der mich mit seinen wissenden und intelligenten Augen sowie seinem drolligen Wesen dazu brachte, den Versuch zu wagen, Menschen und Begebenheiten aus seiner Sicht zu schildern.

Und ein letztes Dankeschön geht gleichermassen an meinen Ehemann und unseren Vierbeiner, weil sie viele Male alleine um die Häuser ziehen mussten, als ich mit Schreiben am Computer beschäftigt war.

* * *